私の生涯教育実践シリーズ'23

趣味

広げる世界・広がる世界

公益財団法人
北野生涯教育振興会［監修］
耳塚寛明／多賀幹子［編］

ぎょうせい

まえがき

公益財団法人北野生涯教育振興会は、毎年テーマを決めて、「事実に基づく小論文・エッセー」の募集事業を行っています。第四五回（令和五年度）のテーマは「趣味　広げる世界・広がる世界」です。この本は、この懸賞論文に応募され、入選された作品を中心に編んだものです。

入選作品を読んでいると、さまざまな趣味の世界に巡り会うことができます。そこには、今生きている世界を広げてくれた趣味や、この世界の奥深くを覗かせてくれた趣味があります。趣味という世界は、それだけ広く、また深いのだと感じます。

私も、広くて深い世界に入っていくことができるのだろうかと、不安を覚えるかもしれません。けれども、そのことにひるんだり、身構えたりする必要はさらさらありません。いくら広くて奥深い世界がそこに待っていようと、入り口はひとつで身近なところにしかないからです。そもそも生活のかかった仕事の世界ではないのだから、うまくいこうがいくまいが気にする必要などありません。おもしろい、わくわくする、私もやってみたい――そう感じることが、趣味の世界への入り口です。

人間にとって趣味は古典的な存在であるように思われるかもしれません。しかし、趣味を生きがいとするライフスタイルを私たちが獲得したのは、そう古いことではありません。日本社会でいえば、第二次世界大戦後の復興期の後、高度経済成長期とバブル期あたりのことです。食べていくことに腐心せざるを得ない状況のもとでは、そこになんら貢献しない関心や活動は邪魔者でしかありませんでした。この状況下でも、生活の糧を得ることを放棄して、食べることに何ら貢献しない――ときとして食い潰すことすらある活動への欲望から自由になれなかった人はいたでしょう。だが彼らはごく少数派であり、全力で仕事に打ち込むことができない落伍者の烙印を押されたり、せいぜい変わり者として問題外と無視されたでしょう。ただ、仕事人間から見れば、自分にはない仕事からの自由と価値を持ち、生活を楽しんでいるように見える人々に対して、自分たちの存在への脅威として怯えを感じたかもしれません。

時代は移ろい、趣味を生きがいとする変わり者たちは、「ああでなくてはこれからはだめ」「ああいう人たちの時代になる」へと変わっていきます。問題外の落伍者から新しい世界を生み出す期待の星への変身です。この変化の道の先に、仕事一筋に無際限に働く人々を人間的に欠陥をもった、成熟できない人々としてレッテルを貼る社会が待っていました。いったい、どんな背景要因が、趣味を生きがいとするライフスタイルを成立させ、また評価の変化をもたらしたのでしょうか。こうした問題については、序章で触れました。

歴史をひもとくまでもなく、趣味の世界にいながら、常人には到達しがたい審美眼を備え、あるいは奥義や超絶的な技能を身に付けてしまう人々がいます。いわゆる趣味人です。彼らはそう呼ばれはしますが、趣味を極めたあげく、もはや趣味の世界にはいない逸脱者にほかなりません。くどいようですが、心配は無用です。趣味を深く追求して趣味人を目指さなければならないなどということは、まったくありません。趣味の世界の入り口辺りを行きつ戻りつしているだけでも、世界は広がってくれるし、自分を見つけることができるし、世代を越えて新しい世界を作り出すこともできるでしょう。

期待をこめて、ようこそ趣味の世界へ。

応募してくださったすべての皆様、出版に際してお世話になった皆様に、感謝を申し上げます。ありがとうございました。

令和五年九月

編者を代表して　耳塚　寛明

目次

まえがき

序章　趣味論……耳塚寛明　3

小説『官僚たちの夏』という舞台　4／無定量・無際限に働く　仕事人間風越　6／片山泰介の登場「余裕」　9／片山から見た仕事人間　13／ライフスタイル転換のつばぜりあい　16／趣味の世界の勃興　17／仕事と趣味　21／ライフスタイルの転換点　22

第一章　世代を越えて継いでゆく

めでたい気の満ちる部屋で　27
思い出した夢　35
趣味の角度　44
語り継ぐもの　52
つながる世界　59

第二章　ありのままの自分に向きあってゆく

「ふたりの私」　71
趣味と過去のわたしの崩壊　78
フラメンコで広がる世界、広げる世界　86
けん玉　94

汗をかいて知った。だいじなこと　102

第三章　壁は多様性として受けとめてゆく

手話で次々と開く扉～そしてチャレンジへ　113
趣味と特技、そしてｈｏｂｂｙ　120
学びたい理由　129
終わりなき学びの道　136
いくつでも、いくらでも　143

第四章　エネルギッシュに前進してゆく

手にしているのはエレキです　155
九十歳の母は今も進化中　163

趣味は突然湧いてでて 172
言語がもたらす豊かさ 180

終　章　趣味がくれた幸せな学び……多賀　幹子 191

入賞論文執筆者一覧 209
あとがき 211
公益財団法人　北野生涯教育振興会　概要 214

序章　趣味論

趣味論

お茶の水女子大学名誉教授
耳塚　寛明

城山三郎の小説『官僚たちの夏』は、主人公風越（かざごし）信吾が悠然と大臣室から出てくる場面から始まる。「もともと怒り肩の肩をつり上げ、両手を開きかげんに振って、外股で歩く」（新潮文庫版五頁）。大臣室の主のようなさまだが、「風越は大臣ではない。次官でもなく、局長でもない。風越の身分は、大臣官房秘書課長。省内最右翼の課長とはいえ、一課長に過ぎない」（同五頁）。にもかかわらず風越は、大臣を見下すようにして、大臣の諮問に答えたところであった。それは答弁の域を越え、雄弁をふるう感じであった。

この小説から幾度となく引用される、あの台詞が登場するのは、この場面である。大臣は、「この風越課長が若い役人たちにいつも吹聴しているという言葉を、不快の念とともに、思いだした。〈おれたちは、国家に雇われている。大臣に雇われているわけじゃないんだ〉」（同七頁）。

序章では、『官僚たちの夏』に登場する二人のキャリア官僚に注目しながら、仕事一筋に生きた仕事人間の時代から、余暇を確保して趣味に生きるライフスタイルを追求しようとする人間が登場する時代への変遷を追う。前者の官僚がいま登場した風越信吾、いま一人が後に登場する片山泰介である。

◇小説『官僚たちの夏』という舞台

城山三郎の小説『官僚たちの夏』が週刊誌に連載されたのは一九七四年（昭和四九年）、書籍発行は一九七五年、文庫版発行が一九八〇年である。これまで二度にわたり、ＮＨＫとＴＢＳで、テレビドラマ化された。非常によく読まれ、読まれ続け、今日にまで至る小説である。新潮文庫の売り上げ部数で、ベストスリーに入ると聞く（日本経済新聞二〇一〇年五月一日朝刊）。

よく読まれている事実は、新聞記事での引用が相次ぐことからもわかる。今日の官僚像を嘆く文脈で、あるいは国家官庁が果たすべき役割を論じる文脈で、いまでも『官僚たちの夏』が引用される。たとえば松井孝治慶應義塾大学教授は次のように述べる（日本経済新聞二〇一九年八月六日朝刊）。「主人公の風越信吾の『おれたちは、国家に雇われている。大臣に雇われているわけじゃないんだ』という強烈な国家意識に影響されてか、当時は『無定量・無際限』の勤務はむしろ学生集めの謳い文句だった。しかし出版四〇年を経て、この小説の主題である政と官の主導権争いと国士型官僚の蹉跌は、皮肉にも岐路に立つ霞ヶ関の現状を暗示している」。

出版以来今日まで、官の役割は変化し、また官僚像は幾多の変遷を被ったが、『官僚たちの夏』に描かれた官庁と官僚の姿は、いまなお参照されるべきモデル性を保持している。学生たちの進路志向にも多大な影響を与えてきた。この小説を読んで官僚を志すようになった官僚は数多い。たとえば警察官僚となったY氏は「彼らの『公の目的のために無定量・無際限に働く姿』に憧れて、試験勉強に熱が入ったのを覚えています」と回想している（読売新聞二〇二一年一一月一二日朝刊）。

この小説の舞台は一九六〇年代の日本。高度経済成長期といわれる、歴史上まれに見る経済発展を遂げた時期である。なぜ日本でそうした経済発展の奇跡が可能になったのだろうか。データを逐一あげることはしないが、第二次世界大戦中に蓄積された技術革新、教育の普及と勤勉性、高水準の設備投資など、高度経済成長をもたらした要因は複数ある。エコノミストの神崎倫一氏は、通産行政が果たした役割をその一つとして指摘する（「解説」『官僚たちの夏』新潮文庫版）。戦後日本は、欧米諸国からみれば「ヨダレの出そうな市場」であった。放任すれば輸入品が国内を席巻してしまう。品質でもコストでも輸入品にはかなわない新興の日本企業はほとんど芽の内に壊滅的打撃を受けたに違いない。「そのひ弱な日本企業を一人前になるまで温室の中で保育したのが通産行政であった」（同上、二八五頁）。通産官僚たちが燃え、仕事に生きがいを感じた『官僚たちの夏』の舞台は、この高度成長期の一〇年であった。小論では詳述しないが、この小説に描かれているのはそうした通産行政のありようでもある。

◇無定量・無際限に働く　仕事人間風越

『官僚たちの夏』の舞台であるこの時代のエリート官僚たちは、仕事人間であふれかえっていたといっても過言ではない。小説を逸脱した推論になるが、官僚以外の多くの職業人についても、仕事を生活の中心におくライフスタイルが支配的であっただろう。もっとも、『官僚たちの夏』に登場する女性はごく少ない。官僚たちの精神構造を描く上で女性は不要であったためである。それゆえ『官僚たちの夏』を読み解く作業は、世界の半分を観察しているに過ぎないことに留意しておかねばならない。女性たちの振る舞いや価値、ライフスタイルの選好にも、目を配る作業が別途必要である。

『官僚たちの夏』には、いくつかのタイプのキャリア官僚が登場する。たとえば、面倒見がよく「潤滑油」のあだ名のある鮎川。同期のトップを走っていたが胸を病み外局に出ている牧。彼は諦めているのではなくいつかパリに出て官民協調体制を研究しようと志す。「木炭自動車」とあだ名される庭野、一度火が付くと粘り強く根気よく走る。

一概に通産官僚と括ることなどできないのではあるが、この小説で描かれた通産官僚の代表格は、文句なしに、ミスター通産省「風越信吾」である。劇中の風越は、大臣官房秘書課長、重工業局次長、同局長、企業局長、特許庁長官（外局）、事務次官を歴任する。なお、事務次官退官後の3年間、風越信吾の名刺には肩書きがなかった。天下りを潔しとせず、「天下の大浪人となることが、本懐であった」からである（同二七八頁）。

風越信吾を表現するキーワードはいくつかある。

国士、「おれのしていることはぜったいに国のため、国民のためになる」「おれは国家に雇われている。大臣に雇われているわけじゃないんだ」（既述、同七頁）。

悠然、「風越は、上着もネクタイもつけず、ワイシャツの襟ボタンをはずし、両腕の袖をまくり上げていた」、その格好で大臣を見下すようにして、持論をまくし立てた（同五頁）。

潔癖、「風越には風越なりのひとつの自戒があった」「他人の人事には、人一倍、興味を持つ。だが、それだけに、自分の人事については、一切工作しないこと」（同一八頁）。

豪放磊落、肩を怒らせて、見方によっては居丈高。「高姿勢で有名や。財界の大将たちにも頭を下げけん。…潔癖でりっぱやけど…いちばん手強いしやりにくい相手や」（同二一九頁）。

風越の働きぶりは、文字通り無定量・無際限であり、典型的な仕事人間といってよい。

ある晩、池内大臣の秘書官に起用された庭野が、大臣私邸で、池内番の新聞記者たちとの雑談がようやくお開きになったのを見て帰ろうとすると、大臣はこう言う。

（大臣）「帰る？　まだおれが起きてる中に、帰るというのか」

（庭野）「すると、わたしはいつまで…」

（大臣）「いつ、なんてものがあるものか。秘書官は、無定量・無際限に働くものなんだ」

無定量・無際限に働くことが、当時の官僚に求められた行動規範であった。そして風越の働きぶりこそ、無定量・無際限であった。それは、他者を見て評価する視点でもあった。「ある人間が、全力を出し切って生きているかどうかは、まわりのたいていの者の目にわかるはずだ。余力を残して生きるようなやつは、結局はだめということだな」（同三七頁）。

◇片山泰介の登場　「余裕」

「余力を残して生きるようなやつ」「結局はだめ」と風越が話すとき、瞳の裏にちらついていたのは、片山泰介の姿である。

『官僚たちの夏』に片山が初めて登場する場面は、すこぶる印象的である。キャリアの人事に並々ならぬ関心を寄せる風越は、特許庁へ出向いて牧と面談した後、通産省へと向かう。その途上でのこと。「…テニスの音がきこえた。…土曜日の正午前、まだ執務時間中だというのに、白いウェアの男女が、どのコートにも動いている。出世競争に関係のない若いノン・キャリアたちであろうか。白くとび交うボールこそ、人生の中心と言った表情である」(同二五頁)。そう風越は思った。ところが、「道路沿いのコートでラケットを水平に構えている男の横顔に見覚えがあった」(同上)。

「おうっ、おまえは…」

「通商局の片山泰介でございます」

「わかってる。けど、いまごろ、どうしたんだ」

「ごらんのように、テニスをやらせて頂いております」童顔で、にこにこという。…

「忙しくはないのか」

片山はそれには答えず、「体を鍛えておかなくちゃいかん、と思いまして」。

ココア色に陽焼けした光沢のよい顔、筋肉のはった腕。…同期の庭野に比べれば…片山は五つも六つも若く見えた。それに同期でありながら、年齢も二つ若い。…小学校五年から中学に合格、さらに中学は四年から一高へ。…最短コースをさらに二年もカットした秀才中の秀才であった。通産省をあげての注目を浴びて入省してきたわけだが、その後は必ずしもパッとしない。風越の人事カードでも、いつも予備用人材の束の底に眠っている。

（風越）「そんなにテニスが好きか」

（片山）「テニスだけじゃありません。サッカーも、ゴルフも、ヨットも」（同二六―二七頁）

通産省の秘書課長席に戻り、風越はテニスコートでの片山との問答を、大声でしゃべってみた。「課員たちがどんな反応を示すか、探ってみたい気持ちであった」（同二九頁）。自身との異質性に驚き、不安がよぎったのかもしれない。風越はまだ知らないが、その不安はその後ずっと風越から離れない。

女性課員たちが、顔を見合わせるようにして、しゃべり出した。

「余裕があるのよ。そうでなくちゃ、これからはだめねえ」

「いつかはきっと、ああいう人たちの時代になるわよ」

風越は声を出さずにはいられなくなった。

「いいか、おれにいわせれば、ひとつだけ、たしかなことがある」

「だれかが余裕といったな…そんな余裕が何になる。おれは、余力を温存しておくような生き方は、好まん。男はいつでも、仕事に全力を出して生きるべきなんだ」（同二九頁）。

終わりは怒声になった。風越には許せない存在であるらしい。この最後の言葉に、仕事に全力を傾ける風越の生き様と、片山の生き方を認めることができない信念が、明瞭に表れている。それは、風越のみならず男性たちの生き様と信念であっただろう。

風越は片山を書記官としてカナダへ送り出すことにした。片山を呼んで、その人事を告げたあと、ついでに得意の憎まれ口をきいた。

「せいぜい、テニスでもうまくなってくることだな」

特権官僚にとっては、酷薄であり、侮辱ともなる言葉である。片山はにっこり笑って頭を下げた。

「はい、ありがとうございます。向こうは、こちらにくらべれば、テニスの時間も十分とれると思います」

風越は拍子抜けした（同四四頁）。風越はこういうタイプは好きではない。

◇片山から見た仕事人間

では、片山には、多数派を占める仕事人間たちはどう見えているのだろうか。そこには、片山のライフスタイルの選好が浮かび上がる。片山がカナダから帰国して、庭野とばったり会う場面である。片山は、にこやかに会釈しながらいった。

「今日は珍しくおそくなりましてね」

「おそい？」

通産省でおそいというのは、午前一時か、二時のこと。七時ではむしろ早い部類だった。

「カナダ暮らしはどうだったね」

「…人間的生活の大切さを確認したことが、何よりの収穫でした。…私たちは働きすぎですよ。日本全体が働きすぎなら、通産省も働きすぎ。仕事中毒の患者ばかりです」(同七九—八〇頁)。

仕事人間たちは、仕事中毒と簡単に片付けられてしまった。

庭野をはじめとする風越派の官僚から見ると片山は理解しがたい存在だが、片山の部下たちの評価は少々違う。片山の部下の一人はいう。

「仕事もスマートにかたづけて、結構、生活をたのしんで居られるようです」(同八二頁)。

女性たちに加えて、一部の若手官僚の中にも、仕事漬けではない新しいライフスタイルに共感する者たちが登場しつつあったのだろう。ライフスタイル転換の萌芽である。とはいえ、風越の頭の中では、片山の評価が上がることはない。

「カナダ帰りの片山など予備用人材のさらに予備用といったところ」(同一〇七頁)。

だが片山の存在に対する風越や庭野の怯えは、徐々に強まっていく。秘書官心得を片山から問われて庭野は答えた。

「秘書官というのは、無定量・無際限に働くものだ」

それを伝えると片山は目を丸くして笑った。

「ご冗談でしょう。…ここは、みなさん、働きすぎですね。そろって顔色がよくない。…どうです、庭野さん。課長のあなたから、テニスかゴルフをおはじめになったら」(同一四七―一四八頁)。

この間のやりとりを庭野が風越に伝えると、風越は問うた。

「軟体動物が、するりと入ってくる感じだろう」

「でも、どんな目に遭っても、するりと抜けて、怪我しそうにない男ですね」

「いずれにせよ、役所向きじゃない」

「そういいきれるでしょうか。これからはひょっとして、ああいうのが、役所向きでは」

「…おまえも、そう思うのか」

「すると、おやじさんも…」

「そうあってはいかん。いつも全力だ。…全力で走るやつ以外は、問題外だ」(同一五〇頁)。

◇ライフスタイル転換のつばぜりあい

風越と片山、互いのライフスタイルの選好は、葛藤し、認め合うことがない。片山泰介は辞表を出した。この場面を、少し遠方から眺めてみるならば、仕事一辺倒の人間たちが主役であった時代から、余暇と趣味に生きようとする人々が登場する時代への転換点であったろう。異なるライフスタイルがつばぜりあいを演じていたのである。

片山泰介は、辞表を出した。「本音をいえば、片山は役人生活にうんざりするとともに、それから先の生活に期待を持てなくなっていた」。片山は、風越に気に入られていないことが、よくわかっている。片山もまた、風越に代表されるような肩怒らせた感じについていけない。「眉つり上げて、まるで通産官僚だけが天下国家を案じているといった空気に、片山は違和感を抱き続けてきた」。「〈無定量・無際限に働け〉などと平気でいえる庭野に象徴される空気も、まっぴらごめんである。…これからはむしろ、官僚を含めた国民全体が、気楽に、のびやかに、生活をたのしみながら働く時代へ入っていくべきではないか。片山自身は、テニスも、ヨットも、ゴルフも、ブリッジも、マージャンも、どのあそびもやめる気はなかった。だれにも気兼ねせず、自由にあそび、自由に働きたい。天下国家をとるより、のびやかさをとりたい…」（二四四―二四五頁）。

結局のところ、片山は、非風越派の玉木次官の説得に応じて退職願を撤回した。その経緯は省く。大切なのは、辞表撤回が、余暇と趣味に生きるライフスタイルが市民権を獲得する第一歩を踏み出した、その象徴だという点である。

◇趣味の世界の勃興

さて、ここらで『官僚たちの夏』の小説世界をいったん離れて、趣味を生きがいとするライフスタイルを私たちが手に入れたことの意義、背景について概観する。

趣味の世界に没頭することは必ずしもポジティブな経験ばかりではない。たとえば仕事などの大切な活動がおろそかになり支障が出ることもある。しかし、過度に没頭するのでなければ、趣味に打ち込むことは一般的には次のような効用を持つと考えられる。それらは、次章以下の入選作品にも明らかであろう。

①ストレスの解消　仕事や生活上のストレスを解消する手段として、趣味は役立つことがある。

②充実感　ストレスの解消という消極的な効用を越えて、趣味への没頭は充実感をもたらす。何ごとかに熱中し充実感を味わうことは、それ自体が価値ある体験であろう。

③知識・技能の向上と創造性の発揮　趣味に没頭することによって、特定のことがらについての知識が増えたり（深まったり）、技能・スキルの向上が期待できる。それは、仕事ではなしがたい創造性を発揮するという、喜びの機会にもつながる。

④趣味を契機としたコミュニティの形成　趣味をきっかけとして、共通の興味を持つ人々と出会い、コミュニケーションや交流が生まれる。人間関係のネットワークやコミュニティが形成される。趣味コミュニティの形成には、インターネットの普及が非常に大きな役割を果たした。電脳空間がなければ、マイナーで特殊な趣味を持つ人々は、互いに隠れたままであっただろう。

人々がどのくらい趣味の世界に没頭するのかは、仕事・労働にどのくらい生きがいを見いだすのかと密接に関わる。趣味が生活の一部となり、趣味に生きがいを見いだすライフスタイルは、なぜ、いつ頃日本社会で定着したのだろうか。そこには、複数の背景要因が関わっていたと考えられる。

第一に、経済成長とそれに伴う余暇時間の増加である。第二次世界大戦後、日本は復興期に入った（一九四五～五〇年代）。生活基盤を回復させ、経済を再建することが、第一義的な重要性を持っていた。復興期には趣味に生きがいを見いだす余裕は乏しかった。六〇年代、七〇年代になって急速な経済成長が成し遂げられ、バブル経済期（八〇年代と九〇年代初期）を迎える。この間、生活水準と所得水準は向上し、余暇時間が増える。余暇の増大は、趣味や文化的活動に参加する余裕を生んだ。

第二に、物質的な豊かさの追求から精神的な充実感の追求への変化である。経済成長期からバブル経済期にかけて、人々の生活は安定し、物質的な豊かさを享受できるようになった。それに伴い、物質的な満足に加えて、精神的な充実感を求めるようになった。趣味は精神的な充実感を提供してくれる、もっとも身近な世界であっただろう。バブル経済期は、趣味とライフスタイルの多様性がいっきょに広がった時期であった。

第二次世界大戦後の日本社会の変化の中で、文化的に重要なできごとは、教育機会の拡大と高学歴化であった。これが第三の背景要因である。学校や大学は、威信や財、人間関係のネットワークなど、さまざまなモノを人々に提供するが、第一義的には知識とスキルの配分機関である。教育の普及と高学歴化は、人々の持つ知識・技能を増やし高度化することを意味する。趣味世界の基盤の確立である。

教育の普及とならんで人々の知識や情報へのアクセスに影響したのは、九〇年代以降の情報化社会の進展であろう（第四）。すでにそれ以前から、テレビやラジオ、映画や音楽などの娯楽産業が発展し、人々はさまざまな文化に触れる機会が増え、趣味の世界に接近しやすくなっていた。これに拍車をかけたのが、インターネットの普及や情報化である。関心や興味に合致した情報へのアクセスが向上し、趣味の多様化が進んだ。

最後に、こうした変動要因の結果として、どういう労働と余暇（趣味）のバランスが望ましいのかについての、人々の価値が変わった。仕事一辺倒ではなく、自分自身の充実感を高めたり、趣味に時間を割くことが価値あることだと考えられるようになった。それがさらに進んで、仕事人間に負のレッテルを貼り付ける考え方も現れるようになった。たとえば、一九八七年には日本経済新聞に「仕事人間サヨウナラ」という記事が掲載されている（一月二二日夕刊）。

かくして、趣味の世界は勃興し、趣味を生きがいとするライフスタイルも市民権を得るようになった。

◇仕事と趣味

だが、労働と余暇、仕事と趣味は、截然と区別された別世界であって、相容れないものなのだろうか。

この問題についてはすでに二〇世紀初頭に、アメリカの哲学者ジョン・デューイが考察している（「労働と閑暇」松野安男訳『民主主義と教育』下巻、訳書一九七五年、岩波文庫）。デューイは余暇を単に娯楽や消費の時間と捉えるのではなく、自己啓発や学習、創造的な活動の時間として重視した。さらに、個人の生活は、労働と余暇の二つに厳然と分かれるのではなく、一体的なものとして生活が存在すると考えた。個人にとって労働が充実感や満足感をもたらすためには、労働が意味のあるものだと理解可能で、自己実現の一環となる必要があると考えた。仕事と余暇は截然と区別された別世界かという問いへの答えは、デューイによってすでに明らかである。

これを、風越信吾という生き方に即して問い直す。風越信吾は、時代の移ろいの中でさようならを告げられるべき仕事人間だったのだろうか。

答えは否、明白に否であるように思う。国内産業を守り育てるために仕事に邁進した風越は、私的価値の実現と経済的報酬を得る仕事の場が一致することのできた幸運な人間であった。この意味で、高度経済成長期以降の趣味の時代の到来は、労働からの人間の疎外がそれだけ進んだ帰結であっただろう。労働からの疎外によって生じた生活の隙間に、趣味の世界が浸潤していったのである。先に示した、趣味に生きがいを見いだすライフスタイルの登場を促した複数の背景要因に、もうひとつ「労働からの疎外」を加えておくべきかもしれない。

◇ライフスタイルの転換点

再び『官僚たちの夏』の世界へ戻る。

「石炭自動車」のあだ名を付けられ、風越好みの官僚であった庭野が酒に倒れて、病院に担ぎ込まれた。風越が新聞記者の西丸とともにタクシーで虎ノ門から霞ヶ関へとさしかかる場面で、この小説は幕を下ろす。車中で西丸は風越を詰る。

「これで庭野もおしまいだ。結局、あんたがつぶしたようなもんや」

「おれは庭野のように全力で生きる人間を…」

「競走馬じゃあるまいし、全力で走りさえすればええというもんやない。いや競走馬かて、毎日毎日全力で走らされりゃ、脚でも折るのが関の山や。…あんたの持ち馬は、みんな、死ぬか、けがしてしもうた。死屍累々というところや。…（だが）片山ならケガはせん。…これからはああいう男の世の中になるとちゃうか」（同二八二―二八三頁）。

西丸は官僚像の変化を指摘して、そう予言する。

いつしか雪が降り出した。ヘッドライトの中へ、白いものが無数におどり込んでくる。その向こうに、懐かしい官庁街が見えた。このシーンは、時代とライフスタイルの転換点を象徴しているはずだが、「その夜も通産省の建物には、まだかなりの灯火がともっていた」（同二八三頁）。まだ通産省は働きづめであった。片山のような官僚が支配的となるには、なお時間が必要であったのかもしれない。

後日譚。『官僚たちの夏』の主人公風越信吾には、実在のモデルがあったことは有名である。モデルは、「特定産業振興臨時措置法」案成立の旗振り役だったミスター通産省（当時）、元事務次官の佐橋滋氏である。佐橋氏は退官後民間企業への天下りを拒否していたが、一九七二年に財団法人余暇開発センターの初代理事長（後に最高顧問）に就任する。同センターは、高度経済成長後の国民の余暇のあり方に関して研究する、通産省のシンクタンクである。がむしゃらに仕事の世界を走り抜けたミスター通産省は、どんな趣味の時代を構想していたのだろうか。

第一章　世代を越えて継いでゆく

めでたい気の満ちる部屋で

亡くなった義祖母が使っていた茶道具たちを思いながら、初めて稽古に参加する。その日出されたお茶碗は、偶然にも義祖母に縁のあるものだった。三十路過ぎて「茶道」の世界へ。佳気の満ちた高堂で稽古に励む。

思い出した夢

小さい頃からの読書好きが高じ「文章で人に感動を伝えたい」と思っていた。社会人となり、祖父の万年筆が書くことの楽しさを思い出させてくれた。自分の内なる声に耳を傾け、趣味の一つ「鉄道」を通して、さらなる感動を綴りだす。

趣味の角度

趣味は「料理」の「材料調達」である。庭を耕し収穫した新鮮な野菜を料理し、息子の食事を作る。本物の肉を食べさせたくて、狩猟に出かけ、獲物を料理に変えていく。美しい自然を五感で感じながら、ほんまもんで満たす使命に燃える日々。

語り継ぐもの

文章を書くのは苦手だったが、書く必要に迫られ懸賞応募サイトに投稿を繰り返すようになる。ある日、母の人生を描いたエッセーが表彰されることになる。文章を書くことが生まれて初めての趣味になる。故郷の文化を後世へ残すという目標とともに。

つながる世界

大学入学の日、「邦楽部」を訪れた私に、趣味の世界への扉が開かれた。「尺八」との出会い。練習を重ね、自分の出す音の変化に耳を澄ます日々。十歳年上のK氏との出会いによって世界はさらに大きく拓いていく。そして、さらなる夢の実現へ。

めでたい気の満ちる部屋で

境井　絵里香

「茶道を習ってみないか?」勤め先の社長からそんな誘いを受けたのは、義祖母が亡くなってからちょうど半月ほどが経った頃だった。エリザベス女王と同い年だった義祖母は、世紀の女王より四ヶ月ほど長生きして、今年一月末に九十七年の天寿を全うした。

大正十五年に広島県呉市で生まれた義祖母は、小学校の教員を務めたいわゆる職業婦人だった。太平洋戦争末期、広島へ原爆が投下された時にはすでに呉市で教壇に立っていたらしい。「らしい」と伝聞系でしか説明できないのは、義祖母は痴呆を患って久しく、今から二年前、私が夫と結婚することになった時には義実家ではなく、施設で暮らしていたからだ。老いというものは無情なもので、早くして夫に先立たれながらも教員という激務をこなし、二人の子を立派に育て上げた義祖母は、自身の記憶の中にいる幼い孫と、目の前に立つ大人になった孫の姿を重ねて認識することも難しいような状態になってしまっていた。

義祖母が亡くなった後、夫は彼女が「分かる」うちにもっといろいろな話を聞いておけばよかったと後悔していたし、私自身も、大正・昭和・平成・令和と四つの時代を見てきた義祖母と、きちんと言葉を交わすことができなかったことを、とても残念に思った。そんな折、社長から茶道の誘いを受けたのだ。

実は義祖母は長いこと茶道を嗜んでいたようで、遺品を整理する際、義祖母の部屋からは茶道具や着物など、お茶にまつわるさまざまな品が出てきていた。親族には他に茶道をする人間はおらず、「捨てるのはもったいないけど、置いておいてもねえ。」と、大量の茶道具を前に、義母は困ったように言ったのだった。侘びさびなどとは縁のない生活を送ってきた私だったが、新たな使い手を探しているかのような茶道具たちのことがふと頭をよぎり、一度稽古を見学しに行くことにしたのだった。

社長が紹介してくれた先生のお宅は、かつての城下町だった場所にあった。通りに面した入口から一歩足を踏み入れると、古刹顔負けの苔生す立派な庭が広がっていた。よく晴れた土曜日の朝、少し湿り気を帯びた飛び石を伝って茶室へ入ると、着物姿の先生が迎えてくれた。「さあ、どうぞお入りください。」想像していたよりもずっと明るい声色に、張り詰めていた緊張が少し和らいだ。

その日は社中の稽古日だったらしく、茶室には先生の他に三人の生徒さんがいた。なんでも、今度京都から招く先生の前でお点前を披露するので、それに向けて猛練習をしているのだという。私は茶室の一室に腰を下ろし、しばらく稽古の様子を見学することになった。

部屋の中は、畳と茶の香りで満ちていた。窯の前に座る生徒さんが、柄杓や茶碗、そして名前も分からない様々な茶道具を、一つ一つ丁寧な動作で操る。初めて目にする茶道の動きに、自然と背筋がピンと伸びる。そんな私に気が付いたのか、先生が「正座をしなくても大丈夫よ。楽にされてください。」と声をかけてくれた。「そうよ。慣れないうちはしんどいでしょう。」「無理せずね。」生徒さんたちもそれに続く。有難い心遣いに、また少し緊張が少し和らいだ。

茶室の空気に慣れてきた頃、生徒さんが私にお茶を点ててくれた。作法も何も知らない私は、先生が説明してくれる動作をぎこちなくなぞりながら、茶碗を手に取った。よく見ると、外側には愛らしい人形が二体描かれていた。「可愛いでしょう。今日はお雛様だからね。」先生の言葉にハッとした。ひな祭りを祝う年齢などとっくに過ぎた私は、今日が桃の節句だなんて全く意識していなかった。そういえば先ほど頂いたお菓子も、サクランボの味だった。茶室の中は、せわしない日々に見落としてしまっていた、季節感で溢れていた。

その日の最後に、先生と二人でゆっくりと話をした。先生は、茶道の歴史やいわれ、それから稽古の時間や頻度など、社中にまつわることを簡単に説明した後、どうして茶道に興味を持ったのか、私に尋ねた。そこで私は、亡くなった義祖母が、長く茶道をやっていたことを話した。「もし同じ流派なら、お会いしたことがあるかもしれませんね。お婆様のお名前は？」その問いに私が義祖母の名前を答えると、先生は目に見えて驚いた様子で「向こうの中学校の裏にお住まいだった、あの山本先生ですか？」と口にした。なんと、先生と義祖母は長らく同じ社中で稽古に励んだ間柄だったのだ。こんな偶然もあるものだなと思っていると、先生は続けてとんでもないことを口にした。「今日あなたがお茶を飲んだお雛様のお茶碗は、山本先生から頂いたものなのよ！」今度は私が驚く番だった。なんでも、義祖母が米寿の記念に催した茶会に参加した際、お土産にと贈られたものだったそうだ。季節の品で、なかなか使う機会に恵まれず大切に保管していたところ、ちょうど雛祭りの日に稽古日があたったことから、今朝、蔵から出してきたのだという。三十年間生きてきて、この時ほど「縁」というものを感じた瞬間はなかった。あまり信心深い質ではないが、この時ばかりは仏様になった義祖母が、お浄土から私に語りかけてくれているような気分になった。

帰宅して、この日起こったことを夫に話すと、彼もまた驚き、そして私と同じようなことを口にした。「婆ちゃんが茶道をやってみろって言っているのかな。」こうして私たちは、夫婦揃って茶道を始めることになったのだ。

翌月、初めての稽古日。あの日一人で訪れた先生の家に、今度は夫と連れ立ってやって来た。この日も他の生徒さんたちがいて、あの日とはまた別の点前を稽古していた。その手数の複雑さに不安そうな顔を見せる私たちを察してか、「最初からあんなに難しいことはしないから大丈夫。まずはお辞儀の仕方を覚えましょう。」と先生が言った。

茶道には三種類のお辞儀がある。お茶を頂くときなどにするのが最も丁寧な「真」、お菓子を頂くときなどには「行」、会釈のような「草」。これらを場面によって使い分けるらしい。早速教わったばかりの「真」のお辞儀で茶室に入る。最初に向かうのは、床の間だ。まずは掛け軸と茶花をじっくりと拝見するのだそうだ。掛け軸には、力強い書で何か書いてあった。見慣れない草書で書かれた文字を一つずつ目でなぞる。かろうじて数文字読み取れたところで、先生が教えてくれた。「書いてある字は佳気満高堂。かきこうどうにみつ、と読みます。」佳気はめでたい「気」。それが高堂、つまり茶室いっぱいに満ちているという意味だそうだ。なんて清々しい言葉だろう。

この日も生徒さんが点ててくれたお茶で頂き方を練習し、道具を拭いたりするのに使う布・帛紗の扱い方を教わった。「端と端を持って半分に畳む。もう一つ向こうに畳む。それから…。」単純なようで、意外に難しいものだ。茶道具には男性用と女性用がある。夫は新しく男性用のものを買いそろえたが、私は義祖母が使っていたものを譲り受けた。義祖母の帛紗には、使い込まれた布特有の折れ目がついていた。それは見事に先生の言う手順通りになっていて、次はこちら、次はこちらと、まるで義祖母に手ほどきを受けているかのような気分だった。

稽古の後で、他の生徒さんたちと話す機会があった。看護師、教師、専業主婦。皆さんそれぞれ全く違う職業や立場を持っていて、年齢も性別も様々だった。きっと茶道を学ぶ理由もそれぞれ違うのだろう。普段生きていると決して交わることのない人たちと、お茶を介することで、こうして膝を突き合わせて話をすることができる。なんだか世界がぐっと広がったような気がした。

その晩、布団の中で、掛け軸に書いてあった言葉を思い出した。「佳気満高堂」。なんとなく気になって、スマートフォンを手に取って、改めて言葉の意味を調べてみる。めでたい気が茶室いっぱいに満ちる。つまり、雰囲気のいい場所には自然と前向きな人が集まり、集まった人たちがまた、いい気を生み出す、ということらしい。そういえば、一人の生徒さんが言っていた。「ここの社中はみんないい人ばかりだよ。だって先生が本当にいい人だからね。」まさしく佳気満高堂ではないか。

それから私と夫は、変わらず稽古に通っている。二週間に一度、およそ二時間。腕時計を外して日々の慌ただしさからしばし離れ、目の前の一杯と向き合う。季節ごとに変わる掛け軸や茶花はもちろん、窓の向こうから聞こえてくる蛙の大合唱も、私に季節を教えてくれる。茶の世界は知れば知るほど奥深いものだ。実は、懐石料理に始まり、濃茶と薄茶で客人をもてなす「茶事」こそが茶道の完成形で、私たちが今取り組んでいるのはその中のほんの一部に過ぎないようだ。「茶事を経験すると、茶道がもっと楽しくなってくるからね。もう少しお稽古が進んだら、私が茶事にご招待しましょう。」と先生はいつも、どこか嬉しそうに言うのだ。きっと経験した者にしか見えない何かがあるのだろう。そして恐らくそれは、義祖母も見ていた景色だ。

こうして私は、三十路を過ぎて新しい趣味を持つことになった。自分一人では決して選ぶことのなかった世界へ、義祖母が導いてくれたのだろう。四国八十八ヶ所のお遍路さんは、その道すがら、必ずどこかで弘法大師とすれ違うという。私も密かに、茶道を通していつか義祖母と心を通わす瞬間が訪れるのではないかと思っている。その日を楽しみに、私は今日も佳気の満ちた高堂で稽古に励むのだ。

思い出した夢

関本　康人

小さい頃から読書が好きだった。そして、気がつけば書くことも好きだった。初めてそのことを気づかせてくれたのは小学校二年生の担任の先生だったと思う。国語の課題で書いた私の作文を読んで、先生は言った。

「とても良く書けているわね。あなたの感動がすごく良く伝わってくる。」

学校に植わっている桜の巨木について書いたその作文は、市で開催されていた小学生の作文コンクールで入賞し、私は全校生徒の前で表彰され賞状をもらった。

賞状をもらったことより何より私がうれしかったのは、作品集に自分の作文が掲載され、それが自分の学校を始め、たくさんの人に読んでもらえたことだった。その時から漠然と私は望んだのだと思う。

「いつか、自分の感じたこと、感動を本にしたい。文章で人に自分の感動を伝えたい。」

それ以降、小学生のうちは夏休みが来るたびに作文を書いていた。しかし、中学生になると私は作文を書かなくなった。思春期になって、作文という行為が優等生的に感じたのだ。自分自身の内なる声より、外から見てどうか、ということが気になってしまっていたのだと、今なら分かる。

一〇年以上のブランクを経て、社会人になった私は短いながら文章を書くようになった。きっかけは意外なところからやってきた。万年筆に興味を持ったのだ。

文房具好きの祖父が万年筆を日常使いしているのを見て、自分も真似することにした。すると筆圧の弱い自分に万年筆は使いやすく、それを使う行為そのものが楽しいことも相まって、日記やその日の出来事の短いエッセイを書くようになった。

しばらく万年筆を使っていると、祖父が愛用していた万年筆を何本か譲ってくれた。舶来モノもあったが、ある国産の万年筆がとてもよく手に馴染んだ。祖父が昔、仕事でよく使っていたものだった。

「血筋かなあ、握りも似るのかねえ。」

優しく笑う祖父のように字はキレイには書けないのだけれど、とにかくその古い万年筆を気に入り、毎日持ち歩き、短いメモや日記をそのペンで書き記すようになった。気がつくと、祖父の万年筆が私に書くことの楽しさを思い出させてくれていた。

そんな日々が続いたある日、インターネットでエッセイのコンペティションの存在を知った。入賞すると自分の作品が新聞に載るらしい。私は一晩のうちにエッセイを仕上げた。そして、大人になって初めて、自分の書いた文章を世に問うた。

数ケ月後、私の携帯電話が仕事中に鳴った。それは新聞社からの電話だった。私のエッセイは次席の賞を受賞し地方紙の紙面を飾った。テーマは祖父と万年筆について。祖父は涙して私の受賞を喜び、部屋に私の作品が載った新聞を飾り続けた。

その頃から私は、自分の内なる声に少しずつ耳を傾けられるようになったのだと思う。そうして再開した趣味の一つに「鉄道」があった。幼少期の私は乗りモノが大好きだった。私は地方のローカル鉄道やその遺構などを巡るようになった。

ある夏の日、出張のついでに私は岡山県の小さな鉄道記念館を訪ねた。それは衝撃的な出会いだった。自分より若い大学生の青年が、記念館や昔の鉄道車両を保守するボランティア活動を行っていた。自分の好きなモノ、趣味への能動的な向き合い方に私は衝撃を受けた。その際の「自分の好きなモノ、趣味への積極的な関わり」についての感動を私は忘れないうちに帰りの新幹線で綴った。そして、それは第四一回北野生涯教育振興財団懸賞論文での入賞に繋がった。

うれしかったと同時に、私は考えた。

「次は何を書くべきなのだろう?」

「私は何のために文章を書くのだろう?」

「私は今度、何に感動するのだろう?」

岡山への出張から二年後の夏の日、私は新潟県に居た。趣味の鉄道遺構めぐりだ。岡山で刺激をもらって以来、私は以前よりも積極的に出かけるようになっていた。

そこには以前から焦がれていた、小さな鉄道の博物館があった。ただ、年に数回しか公開されないので、なかなか訪れるタイミングが合わなかった。

廃止になった鉄道の遺構や車両が保存されている場合、廃線になった時から同じ場所にある場合がほとんどだ。小さいと言っても長さ数メートルはある鉄道車両を人に知られずに隠しておくなんて、並大抵の芸当ではない。しかし、そんな芸当をやってのけた人が居たのだった。一九七〇年代初頭に廃止になった新潟県の小さな鉄道の車両たちは、ある一人の熱心な鉄道ファンによって兵庫県の山中に作られたトンネル内に人知れず眠っていた。

時は二〇〇〇年代、彼の死後、物語は動き始める。幻の車両の存在が明らかになり、町興しの目玉として地元の新潟県に戻ってくることになったのだ。その記事を雑誌で読んだ時の衝撃は今も忘れられない。腰を抜かしてしばらく動けなかったほどだった。

その後、幻の車両たちは保存に尽力した方の息子さんから地元の有志に受け継がれ、残されていた車庫に集められ、小さな鉄道保存の公園ができた。保存会の人々の熱意は本物だった。彼らは譲り受けたほとんどの車両を動態復元、昔の様に動ける状態に修復してしまったのだ。

念願かなって訪問したその小さな鉄道公園は予想通り、いや、予想以上に素晴らしかった。短い距離ながら目の前を廃線当時の本物の車両たちが動いているのだ。

地元の子供たち、遠方から訪れた鉄道ファン、そして精力的に活動される保存会の方々、皆が笑顔だった。

木製の客車に足を踏み入れる。キュッという音がして、独特の香りに包みこまれる。笛が鳴り、先頭のディーゼル機関車がごごご、とうなりをあげて列車が動き出す。それはタイムスリップだった。発車の笛の合図と同時に、私は一九七〇年に居た。

日が傾いてそろそろその日の公開も終わろうとするころ、一両の車両が止まってしまった。エンジンがかからない。仕方がないから、スタッフの方、訪れたお客さんみんなで押して、車庫にしまうことになった。存分に日向ぼっこをした木製の車両はほんのり温かく、ざらりとした手触りだった。思わず、声がでた。

「本当に木でできているのだなあ。」

それを聞いて隣で一緒に押していた保存会の会長さんが答えた。

「実際、触らないとわからないこともあるでしょう。今は何でも情報がインターネットで簡単に手に入りますよ。でもね、実際に来て、見て、触って、五感で感じないとわからないこともいっぱいあるんです。ここではそういう体験を伝えていきたいんですよ。」

西日に照らされた彼の笑顔のなんとまぶしかったことか。

私は岡山で感じた時と同様の、童心に還ったようなワクワクを感じていた。

「ああ、この気持ちを誰かに伝えたい。もっとこの素晴らしい保存鉄道の存在を人々に知ってほしい。」

そう、心から思った。

新潟県の訪問から数か月後、私は小児向けのノンフィクション作品の公募を知った。私は奮い立った。奇跡のような帰還を果たした、新潟県の保存鉄道をテーマに執筆を思い立ったのだ。

生憎の世界的な新型コロナウイルス感染症の蔓延で取材は困難を極めた。本来なら対面で関係者の話を聞いてまわりたかったが、電話取材を重ねるほかなかった。しかし、皆一様に親切に当時のことを思い出しながら話をしてくれた。こうして一年ほどの時間をかけて、小学生を対象にした一冊の本が出来上がった。

私材を投じて車両を遺した人から、町興しの目玉として保存鉄道を作り、当時の車両が動く本物の保存鉄道になるまでの関係者たちの熱い思いをつづることができた。

コンペティションでは次席の賞を受賞したものの、商業出版には至らなかった。マニアック過ぎたのだという。残念に思いながら、保存会の会長さんに感謝のお礼と報告を行うと予想外の提案を受けた。

「これは素晴らしい本ですよ。私は感動しました。ぜひ、保存会から出版しましょう。」

こうして保存会からの出版という形で五〇〇冊の本が刷られた。何よりうれしかったのはうち二〇〇冊ほどが地元の図書館や小中学校に寄贈されたことだ。まさに読んでもらいたい人に届けることができた。

ほどなくして、保存会の会長さんから新聞の切り抜きが送られてきた。そこには私の本をきっかけに保存鉄道を訪れた方の言葉があった。素晴らしい体験だった、そして、本を通じて保存への過程を知ることができ、より深く感じ入った、と綴られていた。

「文章を通じて人々に感動を届けたい。」

初めてそう感じてから三〇年ほどの時が流れていた。

小学校の先生、祖父の万年筆、岡山、新潟県での感動、どれひとつ欠けていてもここまでたどり着くことはできなかっただろう。保存会の会長さんからは、完売の知らせと増刷の相談を知らせる便りが届いた。

「こちらこそ、こんな機会をいただけて、感謝しています。私が、というより皆さんが書かせてくださったのです。」

返信の最後にそう記した。これからも自分の心に素直に、感動を伝えていきたいと思う。

趣味の角度

溝部　名緒子

趣味と言えば常にトップスリーにランクインするのが「料理」だと思う。

実際二〇二二年度の大人の趣味調査においても「料理」が堂々の一位に鎮座している。

趣味としての料理の良いところはいつでも誰でも誰とでも楽しめるという、手軽で間口の広さや受け皿の深さである。

料理本を広げ、材料を揃え手順に従い調理する。出来上がりを一人で食べても良し、気の合う友人たちを招きワイワイと楽しむのも良し。コロナ禍でワイワイの部分が縮小されたとしても人間、三食食べるわけであるから、やはりランキングの上位に選ばれるには納得する。

私もご多聞に漏れず「料理」を趣味にしている一人であるが、私の場合手軽に始められるという料理の入口からは程遠い、煩雑で苦労を伴う料理の部分を趣味としている。

レシピの最初の部分にある「材料」である。

そう、私の趣味は「材料調達」である。

主にジビエと呼ばれる、イノシシ肉やシカ肉カモ肉等を追いかけ、撃ったり引っ掛けたりするところから、私の料理は始める。

出産後、ムチムチと太くなる赤ん坊の足を撫でながら突然
「食べたもので身体は出来ている」

との思いが沸き上がってきた。

彼の健康と身体を守るのが私の使命であると心が揺さぶられ、赤ん坊をおぶり小さな庭を耕しながらこれから始まる目的ある趣味に武者震いをした。

自宅の小さな庭を掘り返し、土からヨッコラショと力強く頭をもたげた双葉にはまだ種がくっついていて、それは、私が背中に手を廻して掴むとはじけて跳ね返す赤ん坊の腕のような力強さと私の人差し指を握り離さない心細さとが双葉と重なり、背中の重みと掘り返された茶色の小さな庭に愛おしさを感じた。

茶色の庭は、すぐに緑でおおいつくされ初めての赤い実がついた。

かなり重くなった背中は、バタバタと大きく揺らされ「うー」「あー」と、かわいらしい声がBGMになり、近所に借りた荒れ地を耕す私を元気づける。

カボチャで甘いおやつを作ってやろう。ほうれん草粥にコーンスープも作りたい。

私の育てた強くて濃い本物の味の野菜達がひとさじひとさじ、彼の体へと吸い込まれてゆく。

この時の完璧に満たされた私の心が、次の扉を軽々と開けていった。

彼の身体を強くし元気を与える「肉」を私が獲ってこなくては！

かといって、野菜を育てて収穫するように書店でマニュアル本が売られているわけでもないので肉の獲り方についてはハタと困った。

地方都市の比較的街中育ちの私には、漁師の知人もいなければ猟師と呼ばれる人にももちろんお目にかかったことがない。

そもそも、この時まで私は「猟師」という単語は知識にはあっても発音したことがあるのかどうかさえ怪しい。

私の生活の中で「猟師」という単語が初登場したときではないかと思う。

そして私は、ハイハイからよちよちと歩き始めた息子に
「本物の肉を食べさせなくては！」

の一心で古めかしい「鉄砲屋さん」の戸を開けた。

中へ入ると男性四人が一斉にこちらに向き、私は「猟師かな案外白いな。」と思った。

何が案外白いのかというと、野菜作りで真っ黒に日焼けしていた私は、そのころ日焼けを気にしており、猟師も漁師のイメージで日に焼けていかにも筋肉隆々かと想像していたが実際はインテリですこし神経質そうな細身の長身男性に普通に太った人、そして見たことあるようなないようなどこにでも居そうなおじさんに、昔ヤンチャしたよね？という雰囲気のサングラスの強面のおっちゃんが雑談しているところであった。

ドキドキしながら、私は「イノシシを獲りたいんです。」と来店の目的を告げ、居合わせた皆の反応があたたかくて気がつけば夢中で皆の話に聞き入っており、帰ってからは聞きかじった猟の話を得意げに披露していた。

初めて訪れた鉄砲屋での興奮はなかなか消えず、

「私は、これからすごい事をしようとしているぞ」という話をしたくて、動きたい盛りの子どもを連れての外出は……と友人とのランチからは遠ざかっていたけれど、じっとさせていることに苦労をしながらも赤ん坊を連れていそいそと出かけていた。

免許やら許可やら煩雑な手続きをも軽々と乗り越えていけたのは、鉄砲屋での先輩猟師から聞いた山の話の奥深い面白さと、やはりその時に「持っていけ」と、手渡されたイノシシ肉の虜になってしまったからだと思う。手渡されたほんまもんのイノシシ肉は、あずき色をしていて丁寧にラップでグルグルまきにされていた。

ラップに付いた血は水っぽくてサラサラとしていて特別な匂いもなかった。

包丁でやや分厚く切ると、脂がペタリと包丁に貼りつき指でなぞるとじんわりと脂が溶けだしてサラサラになる。

「これは、いいぞ！　この脂をラード代わりに使えるぞ。」と、私は嬉しくなり、レシピ本を引っ張り出してはこの、ほんまもんの肉を使って作りたい料理のページを片っ端から折っていった。

あずき色の肉を色々な料理に変身させる。

味噌汁に浮かぶ金色の脂をすくって息子の口へと運ぶ。

肉を挽き食べやすくしたものをスプーンにのせて持たせる。

一生懸命に口へ運ぼうとしている姿を見ていると、冷凍庫をほんまもんで満たすことがやはり私の使命に思えた。

実際、肉を獲る方法は三種類の方法がある。

「罠・網・銃」だ。

使命に燃える私は、「罠・網・銃」の全ての免許と許可を取得し、野菜作りと並行し山へ入る日々を送った。

いままで気にとめなかった獣たちの痕跡が案外、私たちの住むすぐ近くにあることに気がつき、獣たちも健康な身体でいるために季節の薬草を好んで食していることや、捕獲してもいい時期や時間などがある事を知った。

パタパタと歩くようになった子どもと山へ入り新しい発見をすることがたのしくて仕方なくなっていく。

晴れの日の山の美味しい空気や雨の後に見つける獣の足型に夢中になり空を飛ぶ鳥が目に入ってくるようになる。

そして、私も「ほんまもんの肉」が獲れるようになった。

獲った後には「解体」という料理になる前の一大作業であり難関が待ち受けている。先輩猟師から教えてもらったように、庭で解体作業をする。

息子をおぶりながら耕した小さくて茶色の庭はいまでは解体作業場へと姿を変えている。予備知識のない息子にはかわいそうもおいしそうもなく、ただの作業段階としての「獣の匂い」や「色」や「臓器の形」があるだけでその都度都度で普通の反応を示しているることが私にはおもしろい。

目に見える速度で日増しに大きくなる赤ん坊を抱き沸き上がった「ほんまもんを食べさせたい」からはじまった「料理」に端を発した趣味は、今や思春期を迎えた彼の血となり肉となっただけでなく私の日常をも大きく変えた。

いま私は猟友会の女性部の部長として、この世界に飛び込もうとしている後輩女性猟師に私が鉄砲屋で夢中になって聞いた山の話を伝え扉を開くお手伝いをしている。

美しい自然を五感で感じそして知恵を絞って獲る喜びや、はたまた自然の事、逃げられるくやしさ、そして食べる楽しみ。

一言に「料理」という趣味にも食材を揃える・調理する・盛り付けを楽しむ・味わうという色々な角度での楽しみ方があると思う。

やはり、趣味ランキングトップに鎮座するだけのことはある。

趣味の角度

語り継ぐもの

鈴木　大輔

僕は五年前からエッセーや小説を書いている。僕の学生時代は、文章を書くのが大の苦手だった。そんな僕がエッセーなどの文章を書くきっかけになったのは、ある資格取得対策だった。

その資格は「医療経営士」という。現在病院事務として働く僕は、医療経営を学ぶためこの資格取得を目指していたのだ。なんとか医療経営士二級までは合格したが、一級の試験は一次が小論文となっていた。文章を書くことに自信のない僕は、なんとか練習する方法がないかとネット上で検索した結果、懸賞応募サイトにたどり着いたのだ。

エッセーや小説を書くことで文章作成の練習にもなる。その上、上手くいけば表彰されるかもしれない。それは一石二鳥だと僕は楽観的に捉え、挑戦することにした。

懸賞応募サイトで、全国には多くの懸賞応募があることを知る。僕は可能な限り文章を書き、そして応募していった。文章の出来よりも、とりあえず数を打っていこうと考えたのだった。

「もしかしたら、僕の文章でも評価されるのでは」

そんな甘い期待もあったのかもしれない。だが、半年経ってもやはり表彰されることはない。最初のうちは「これは練習だから」と思い、あまり気にしていなかった。さすがに何の反応もない状態が続くと、悔しくなってきた。「何が悪いんだろう」自分の文章を読み返すが、その理由が分からない。取りたい資格は新型コロナウイルス感染症流行のため、東京へ行くことができずに、受験することさえできなかった。

「なんのために僕はこんなことをやっているんだろう」

そう思っていた矢先に、僕はエッセーで表彰されることになった。それは、奄美大島で暮らす母の人生を書いたものだった。

「私は男に生まれたかったのよ」

僕がまだ学生のころ、母はそう語っていた。母の実家は貧しく、中学を卒業後、母は他県に渡る。そこで昼間は働き、夜学に通う。高校時代に働いていたお金で東京の短大へ進学し、保育士の免許をとった。そこで父と出会う。しばらくすると妊娠し、僕が生まれる。母としては、頑張ってきたことを活かす機会もなく、なんとなく年を重ねる自分に物足りなさを感じていたのかもしれない。

そんな母がある時から油絵を習いだした。才能があったのか、母は習いだして二年目には市で二番目の賞をいただいた。それは「おっかん」という作品だった。奄美大島の方言で母を指す。つまり、僕のおばあちゃんを描いたのだ。

それからの母は、油絵への世界にのめり込んでいく。島外の先生にも師事し、県外のセミナーへ行くこともあった。そして数年後、母は市内で最も権威のある賞をとった。

そんな母に一度聞いたことがある。

「お母さんは、昔から絵が上手かったの？」

「いや、図画はいつも三だったわ」

母はそう言っていつものように豪快に笑っていた。

僕はエッセーで受賞したことを母に伝えた。

「あんたが文章を書くなんてねぇ」

母はしみじみと言った。

母は文章を書くことも好きだった。僕が今でも覚えているのは、母がラジオ番組に投稿し、それが本番で読まれたことだった。

当時、母は大島紬の機織りのアルバイトをしていた。その頃の奄美大島は大島紬のおかげで景気が良く、そこら中の家からパッタンパッタンという機織りの音が聞こえていたのだ。

母は機織りをしながらラジオを聞くことが趣味だったらしい。それで、投稿したのだった。

投稿した内容は、息子である僕と算数の問題を解く競争をした話。日常の光景に焦点を当て、面白い話になっていた。僕は子どもながらに「母はすごい」と感じていた。そして、ラジオ局から副賞としてもらった五百円分の図書券が、とても高価な物として使用できずにいたことを鮮明に覚えている。

そんな母は、僕の夏休みの宿題である作文をよく手伝ってくれた。母が手伝うと、僕の作文は入賞してしまう。表彰されるのは嬉しいが、自分の力で作り上げたものではないため、子どもながらに複雑な心境だった。言わずもがな、母の力で文章を完成させても、僕の文章力は上がらない。それどころか僕自身は、文章の書けない子どもに育ってしまった。

そんな僕がエッセーで受賞したのだ。母は驚いたのだろうと思う。でも、電話先の母の声は喜んでいた。

僕はそれからも文章を書き続ける。仕事が休みの日には、文章を書いていないと落ち着かなくなった。

不思議なもので、書き続けていると文章にリズムを見いだせるようになる。リズムを見つけると、受賞する機会も増えていった。そして、それまで無趣味を気取っていた僕にとって、文章を書くことは生まれて初めての趣味になったのだった。

今年の春、奄美大島へ四年ぶりに帰省した時のことだ。

「あなたにお願いがあるのよ」

七十歳を超えた母は、僕の前に六冊のノートブックを広げた。

母は油絵だけではなく、奄美大島の方言を守る会の会長をしていた。奄美大島の方言は消滅危機言語の一つになっている。その奄美の方言を後世へ伝えていきたいというのが母の願いだった。

母は方言を後世に伝えるため、奄美大島に伝わる昔話を集めていた。そして、それを方言に訳していた。標準語の下に赤字で方言を記すそのノートには、母の思いが詰まっていた。そのノートを僕に見せながら、母は話し出した。

「これを本にしたいの」

まずは僕にこの昔話をデータ化して欲しいと言う。そして、母の記憶にある昔話と関連する光景を伝えるので、僕がそれを文章にしてくれないかと依頼されたのだった。

「この昔話はおっかんが良くしてくれた話なのよ」

母は懐かしそうにページをめくっていた。

母の方言への思いは、母の父の影響もあったようだ。僕にとってのおじいちゃんは、職人で気難しい人だと言われていた。しかし、趣味で奄美の文化を調べ、方言の価値も母へ教えていた。

母が小学生のころ、学校で方言の使用禁止令が出たらしい。「標準語を使用するように」という国の施策にのっとったものだった。その教育方針に、母の父（僕のおじいちゃん）は反対したのだった。「文化が廃れていく」と言って……。

母はその言葉をずっと覚えていた。そして、親が守ろうとした方言を後世へ伝えていきたいと願い、今ではその先頭に立っているのだった。

「分かった。やってみる」

芸術に特化した母から唯一文章だけは認められたと感じた僕は、母の思いを引き継ぐことにした。

おじいちゃんやおばあちゃんから母が引き継いだ奄美の文化。それは奄美の文化のほんの一部分かもしれない。しかし、僕はそれを少しでも後世へ伝えていきたいと思っている。

文章を書くことが趣味であり、本当に良かったと思えた瞬間だった。

つながる世界

立石　俊夫

一九九一年八月十六日、私は中国シルクロード、星星峡から続く一一〇キロメートルの完全ダート道を走っていた。朝六時、蛤蜜（ハミ）を出発して敦煌に着いたのは夜の九時四十五分、十四時間走ったことになる。

なぜシルクロードをバイクで走ることになったのか。

一九七七年四月、大学の入学手続きの列に並んでいた私に「今日三時、部室に来てみませんか。」と声をかけてきた人がいた。この人こそ、今の今まで続いている私の趣味の世界を拓くきっかけを与えてくれた人だった。私に勧誘の声をかける人が少なかったこともあり「部室へどうぞ。」という誘いをとても嬉しく感じたのを覚えている。

部室は、工学部裏の日の当たらないところにあった。木造の小屋からあまり聞いたことのない、しかし、澄んだそして余分なもののない音が聞こえていた。「部」は邦楽部だった（箏・三絃・尺八の演奏を学ぶ部活）。一段上がったところに古い畳が敷かれており、見たこともない楽器の前で女性が絃を爪弾き、その奥で、これもまた見たことのない笛を吹く男性が数人いた。

その日から部室へ行く日が幾日か続いたけれど、言われるままに息を吹き込んでみても全く音の出ない楽器に私は疲れていき、部として教えてもらっていた個人教授（月謝二千円だったと思う）先生宅に通う日数も次第に少なくなり、部室へ行く足も遠のいていく。

そんな私を繋ぎとめてくれたのは、「部室へ。」と誘ってくれたあの先輩Sさんだった。時に私の下宿を訪ね、「銭湯へ行こう。」「飯を食べに行こう。」「パチンコ行くかい？」と。

いつ邦楽部をやめてもおかしくない私の転機となったのは、河口湖畔常在寺で行われた夏合宿だったと思う（四月に入部希望のあった新入生二十数人のうち夏合宿に行ったのはたった五人）。真夏の一週間全員でお寺に泊まりこみ、自炊、楽器演奏の稽古に明け暮れる。朝は六時起床、湖畔をランニングした後、稽古、朝食後稽古、昼食をはさんで稽古、夕食の後夜九時まで稽古となる。稽古は基本先輩と一対一の対面稽古である。当然のことながら稽古中は正座。一日九時間も正座の日々が続くと、楽器の演奏より足の痛さの方に気持ちがいくのは言うまでもない。特に辛かったのは、近くの神社の参道の石畳で正座して稽古する時間だった。稽古してくれる先輩もさぞやたいへんだったはずだ。合宿五日目くらいになると、私は幻覚を見るようになった。寝ていても風呂に入っていても、天井の木の模様や風呂の天井が「尺八の楽符」に見えた。先輩に、「天井に楽符が書いてあります。今まで合宿してきた先輩たちが書いていったんですか？」と聞いて、先輩を訝がらせた。合宿最終日、全員の前で合宿成果の演奏をすることになっていた。その課題曲「六段の調べ」演奏時間七分三〇秒。私は、初めからおわりまで、一度も音が出なかった。半世紀を経た今でも昨日のことのように覚えている。出たのは大量の汗ばかり。

信玄公軍旗「風林火山」の旗が収められている雲峰寺での冬合宿を経て、和楽器演奏一年の節目を迎えた。よくやめなかったものだ。

二年目から、個人教授をしてくれている先生の誘いで、日曜日の度に県内の寺々を訪ね、仏前で「古典本曲」を演奏する「献奏会」に参加するようになり、社会人の方々と関わることになった。そんな中、床屋さんのHさんが私たち学生をお宅に招いてくれた。そして、長年愛用している楽器を私に安価で譲ってくれるという。私は、アルバイトをしたお金でその和楽器「尺八」を譲り受けた。半世紀たった今だから分かる、Hさんにとって長年愛用してきた楽器を手放すことは大きな決断だったと思う。ありがたかった。

大学三年になった時、同学年で部に残っているのは、一年目の夏合宿に参加した五人。男は二人のみ。部長となった。私は、その日から一年間、雨の日も風の日もどんなに雪が積もっても、体調が思わしくない日も、どんなことがあっても一日一回は尺八を吹いた。昔の大学は出入りが自由の教室があった。真夜中の空き教室で毎日毎日吹いた。

一年目、Sさんが、そして部の同僚、先輩が私を支えてくれた。二年目、同じ趣味にいそしむ社会人「働く人々」の姿が私の背中を押した。三年目、頂いた楽器で吹く音が私にやる気を与えた。日々自分の出す音のちがいと変化に耳をすませた。なんとしてもうまくなりたいと思った。

転勤のある職に就いてからも、各地で教えてくれる師匠を探しながら演奏を続けていた私にとって、Ｓさんと同等またはそれ以上の大きな出会いが訪れる。十歳年上のＫさんとの出会いは、私の世界を大きく広げた。演奏の中身も変えるきっかけを頂いた。Ｋさんは都内の大学で尺八を始め、プロに師事しつつ、地元に帰ってからもずっと地域で演奏活動を続けていた。地域の仲間とともに演奏していた。私はその輪に入れて頂いた。決して愛好者が多いとはいえない和楽器。決してポピュラーとはいえない邦楽の世界にあって、Ｋさんを中心とする人々は、楽しみながら、地道な活動を続けながら、地方の会館ホール（長野県伊那文化会館・大ホール一三〇〇席程）の客席を満員にするような邦楽だけの演奏会を十年以上続けるという「偉業」をなし遂げていた。

　コンサートは、毎年一月に行われた。前年の秋口から準備が始まり、当日が近くなると毎土日曜日また平日の夜に練習を重ねた。多い時は、出演者は四十人以上、殆どが社会人であった。日々の仕事を持ちながらのコンサート練習はさぞや大変だったと思うが、皆生き生きとしてエネルギーにあふれていたように思う。演奏を支えてくれるスタッフの力も大きかった。舞台さん、音響さん、舞台監督さん、舞台をつくってくれる楽器屋さん。皆がすばらしいコンサートをつくりあげようとしていた。みんなの気持ちがしっかりとつながっていたと思う。コンサートをつくりあげていく過程で、時には難しい問題や検討課題が起きて緊張した空気になることもあったと思う。そんな時でもKさんは、温かかった。演奏がうまくいかない時も誰かをきつく攻めるようなことは一度もしなかった。

社会に出て二十年目、私は仕事上の悩みで夜もよく眠れず精神的に参ってしまい職場に行けない日々が続くことになる。そんな時コンサートへ向けての練習の時間が、私にとって心安らぐ時間となった。辛い気持ちを忘れさせてくれる空間と時間があった。悩みを打ち明けたわけではない。コンサートに向かってエネルギーを持って進む仲間と、皆を包み込むようなKさんと過ごす時間が私を癒していったように思う。私にエネルギーを与えてくれたように思う。みんなと音楽を奏でて、ステージをつくっていくことが純粋に楽しかった。音楽が自分を助けてくれているように思った。本当にありがたかった。

もうひとつ。

高校二年生の春、父に「オートバイ通学をしたい。」と頼んだことがある。父は、私を連れて町のバイク店へ行き、中古のホンダを私に与えてくれた(八万円だったと思う)。内心心配な気持ちがあったはずなのに一言も苦言はなかった。信州の冬は寒く道路は凍る。通学に都合のよい電車がなかったこともあり、私は真冬でも父の買ってくれたオートバイで通学した。ありがたかった。

時間をみつけて、日本の各地をツーリングした。能登半島。若狭湾。京都。岩手県遠野。九州天草。バイク雑誌の編集長やカメラマンの方と取材旅行もさせて頂いた。オートバイは私の世界を広げてくれた。ありがたかった。

そして、ある日。「和楽器」と「オートバイ」が交差し、つながった。

定期購読していたバイク雑誌のお知らせ欄に小さく「シルクロードツーリング　ライダーおよびスタッフ募集」の案内。「一九九一年八月に中国シルクロード一六三〇キロメートルをオートバイで走る」という大きなイベント企画だった。「西暦二〇〇〇年を目標に文化・スポーツ等様々な分野において、国内外を問わず多くの人々の参加による国境を越えた民間交流実現事業」のひとつであった。参加には条件があった。「中シルクロードの地で人々がつながり合うために、君は何ができるか。」「この旅であなたは、何をしたいのか。」が参加応募選考の内容であったと思う。私は「シルクロードで尺八を吹きたい。」と書いた。互いの信頼は、互いの理解から始まると考えていたからだ。遥か昔大陸から伝来してきた笛が現在の尺八のもととなった。大げさに言えば何千年の時と何千キロの距離と空間を越えて今の尺八の音がある。数え切れない人々の手を経て、私が吹いていているこの楽器がある。そう思うと嬉しかった。

一九九一年六月三日午後一時五十分、私は「参加決定の電話」を受けとることになる。そして、同年八月八日北京人民大会堂と同十一日新疆ウイグル自治区ウルムチ人民会堂で演奏させて頂いた。現地の演奏家と交流させて頂いた。歴史の人々が行き交ったシルクロードを走らせて頂いた。ありがたかった。

私は今年六十五歳となる。人生を青春・朱夏・白秋・玄冬と四期に分けるとしたら、すでに「白秋」だろうか。「和楽器尺八演奏」と「オートバイ」は、私に多くの貴い出会いとつながりを与えてくれた。広がりを与えてくれた。すばらしい人々とすばらしい時間、すばらしい空間との出会い、そしてつながり。ありがたかった。

「玄冬」にさしかかる今年、新しい自分を求めて、母が長年やっていた「木目込み人形つくり」を始めようと思っている。

二〇二三年二月二十五日　信州にて記す

第二章

ありのままの自分に向きあってゆく

「ふたりの私」

派手な衣装に身を扮し、全方向・全方位完全カワイイ「ヤバいやつ」となり推しのコンサートに行く特別な私。一方、勉強と部活に勤しむ女子高生でもある私。特別な私を心に秘め、未来を掴むため、受験に挑む自分に専念。

趣味と過去のわたしの崩壊

「二元論者」である親の元に育ち、物質的にしか物事を判断しなかった私は、何もかもがうまくいかなくなっていた。すべてが壊れる…心が泣いている…救うのは私しかいない。勇気を出して楽器を手にした。魂の喜びを感じ、生きている手ごたえを感じはじめる。

フラメンコで広がる世界、広げる世界

定年後も続けられる趣味を見つけたい。フラメンコはどう?道具を揃え、ひたすら練習、そして発表会。いつしか、負の感情を情熱という正のエネルギーに変える大切な趣味に。ありのままの自分や生き方を表現しながら夢を紡いでいく。

けん玉

某国でコロナ禍を迎えた私は、閉ざされた環境下、けん玉の練習をする。成功時の小さな快感。その繰り返し。練習は裏切らない。小さな目標を積み重ね、自分と向き合い、人との会話も生まれた。自身を救い、平静を保たせてくれるお守りのような存在。

汗をかいて知った。だいじなこと

今日の食材は一年かけて私が育てた。価値があると思える汗をかきたくて「棚田の保存会」に入り、米や野菜作りを経験する。田畑が私を支えてくれることに気づく。光・土・雨・風・人・言葉・気持ち…ありきたりの日常ほど得難いものなのだ。

「ふたりの私」

増田　晴奈

大阪行きの夜行バスが到着するまで、佐賀駅バスセンターの全ての視線は私に突き刺さる。その少しの間、私は断トツで『ヤバいやつ』になる。高い位置で結んだツインテールはピンク色で、リボンとフリルが施されたワンピースと十三センチヒールのシューズは相性バツグンだ。『全方向・全方位完全カワイイ』。それ以外私は許せない。

去年の十二月、大阪で行われたのは、二次元アイドルのコンサート。モニターの中で歌い踊る彼らは画面の中から出てくることはないため、ファンサービスをしてくれることは絶対にない。決して認知されることはないと分かっていても完璧な自分でいたいのは、他のオタクに下に見られたくないという、どうしようもない私の中のエゴがあるから。七十個の缶バッジを敷き詰めたカバンでしか私の愛は可視化できないし、コンサートに参加した回数でしか想い続けた時間を証明することはできない。夜行バスが連れて行ってくれるのはいつも、熱狂と欲望が渦巻くきらびやかな舞台。会場でネ友（ネット友達）と合流し、スタッフにスマホの画面を見せて入場する、その瞬間に、遙々ここまで来てよかったと実感する。同じように着飾り、大きなカバンを持った彼女たちの視線が私達のもとに集まるその一瞬。それまでに幾度となく突き刺さった軽蔑の目は過去となって、私は胸を張って歩くことができる。人ごみの中、埃っぽくて生ぬるい空気を胸いっぱいに吸い込めば、気付かぬうちに垂れ流し枯渇していた生きる力が私の元に流れ込む。会場が暗転し、推しが高らかに歌いだす。その姿に発狂し、涙し、絶句する。移りゆく推しの表情に情緒は乱れ、私は熱狂の渦に沈んでゆく。推しがいることで、私は『ヤバいやつ』になる。けれどそれと同時に、コンサートホールに一歩足を踏み入れれば、私は特別な私になれる。

興奮冷めやらぬ状態で夜行バスに揺られ、佐賀に戻れば、きらびやかな魔法は解けて女子高生としての日常が始まる。佐賀で指折りの進学校に通う私は、八時半からみっちり七限の授業を受ける。九大合格レベルの授業と豪語するだけあって、やはり内容は箇単に理解できるものではない。分からないところは先生に聞いたり、友達に聞いたりして何とか食らいついている。そうして七限が終われば、十八時半まで部活動としてバレーボールに取り組む。中学から始め、あまりの辛さに続けるつもりなんて全くなかったバレーボール。しかし結局、勧誘の熱に気圧されて続けることになり、今ではレギュラーとして試合に出ている。

進学校とはいっても、一女子高生だ。私の周りには、先生に気づかれないようなメイクをしたり、年上の彼氏と遊んだり、ＳＮＳのフォロワーが有名人並みだったりする、そういう派手な友達が多い。昼休みにはスタバの新作や使ってよかったコスメ、元カレに新しい彼女ができて云々といった、女子高生ならではの話題で盛り上がる。けれども時に、彼女たちとの間に見えない壁を感じる時がある。

志望校のレベルが高いことと、推薦入試を視野に入れていることもあって、私は勉学や身だしなみを疎かにすることはできない。グループの皆が誘ってくれた遊園地は、塾があって断ったけれど本当は行きたかった。顔や服装も、自分の持っている技術すべて使って、みんなと同じように可愛くしたい。そんな思いに蓋をして、前髪を巻き、ポニーテールを高めに結ぶだけで私の朝の支度は終わる。コスメの話題にも、ファッションの話題にも、私は何の不安もなくついていける。けれども言っていることとやっていることが違いすぎて、説得力がどこにもない。私が制服のスカートを折ることはないし、まつげを上げることもない。だからどうしても、せっけんのいい香りがする彼女たちといると息が詰まる。華やかな中で私だけが地味で、華やかになれる技術はあるのにそうすることを許されない。将来と今限りの華やかさ、天秤にかけたときその答えは明らかだ。それなのにどうしても劣等感を感じずにはいられない。

中学の時、同じ二次元アイドルが好きだと分かって友達になった子が、去年から引き続き高校でも同じクラスになった。中学の頃は周りにアニメが好きな子が多かったこともあって、教室でも色んなアニメの話題で盛り上がり、少ないお小遣いでグッズを買っては通学鞄につけて見せ合った。そんな友達も、高校からはオタクであることを隠し、『非オタ』として振舞う私に合わせてくれているのだろう、学校では話さないのに、私が知らないようなマイナーな情報をライン上だけでそっと教えてくれる。彼女が教室で友達と話す話題はどれも昔と変わらずアニメのことばかりで、遠くで聞いていて正直痛々しい。第何話のラストの作画の素晴らしさも、新キャラの声優が予感と違ったことも、きっとそこにいるほとんどの人が理解できないだろう。けれども、離れた一つの机に群がって、ポーチの中身を自慢しあうのを見ている私には、聞こえてくる内容が全部分かる。今すぐそっちの話に入りたい。だけどどうしてもそれができない。きっと話に飛び入ってしまえば、群がる机に戻った時、もう私の入る隙間は残されていない。そう確信しているから、私はそのポーチからリップを取り出して、これ高いやつじゃん、と言うことしかできない。

そんな矢先だった。去年のハロウィンに事件は起こった。福岡の天神にある大きなプリクラコーナーで、クラスのグループの中心にいるギャルと遭遇した。私の隣には、いつも一緒にコンサートに行くネ友がいた。ピンクのカラーコンタクトにつけまつげ、高い位置で二つにくくった髪型の私達。それぞれの推しの顔面が大々的に印刷されたTシャツを着ていた。写真を撮って、落書きコーナーに移動しようとカーテンをめくったその時、黒猫に扮したギャルとばっちり目があった。終わったな、と思った。それでも私は他人を装い自然に目を逸らし、ネ友との会話を続けた。一分後、スマホに『今いたよね？』の通知が届いた。

どうにかして誤魔化そうと思ったけれど、後々事実が明らかになるともっと自分を追い詰めると思った。ネ友も、『もういっそ、暴露しちゃえ』とはしゃいでいた。帰りの快速列車に揺られながら、文字を打っては消して、打っては消してを繰り返して、『やっぱバレてたかあ』『誰にも言わないでほしい（ぴえん）』と送った。そして明日の学校をどう切り抜けるか、考えを巡らせていたところに、すぐに意外な返事が来た。『マジかわいくて誰かと思った』『把握！』だった。

高校三年生となった今、学校は高校総体への最後の追い込みと、一層の受験ムードに包まれている。今年のオタ活はこれで最後にするからと四月の初めにライブビューイングに行ってからというもの、もうあのカバンはクローゼットに大切に仕舞ったまま、使っていない。推しがくれた十分すぎるほどの生命力を使って今、バレーに、勉強に全力で挑んでいる。

いつだったか、佐賀駅のホームで小さな女の子に『プリキュアだ！』と指を指されたことがある。母親は苦笑いしていたけれど、それまで向けられてきた憐れなものを見る目とは違う、憧れに近いものを少女から感じて、微笑み返したのを覚えている。

特別な力を授かり、可愛らしい姿で敵を倒すプリキュア。けれどもその本性は普通の女子中高生だということを誰も知らない。私はずっと彼女たちのような裏の顔と表の顔、フリフリのドレスを着たオタクと、勉強と部活に勤しむ女子高生の、二つの顔を持つ自分自身に酔っていたのかもしれない。私の普段の振る舞いからは考えられない趣味。周りの人が知らないマイナーな趣味。それを敢えて開示しない、自分だけの秘密にしておくこともまた、自分という存在を一層特別なものにするスパイスなのだと私は思う。

大学入試が終われば、メイクとファッションの特別な力で私は再び戦える。大学生になって都会に出れば、もう憐憫の目を向けられずに済む。だからあと少しの辛抱だ。今だけカワイイ私を手放して、そのままの私で未来を掴む。熱狂の舞台へと足を踏み入れるその日まで、私がプリキュアだったこと、特別な存在だったことを絶対に忘れないでいよう。

趣味と過去のわたしの崩壊

藤原　政子

私は趣味のない時を随分と長く過ごしてきた。そして、それらの日々はとても退屈だった。いつも時間を持て余し、「テニスだ、登山だ」と趣味に勤しむ周囲の人を羨んだ。自分にもなにか打ち込めるものが欲しいと思い、色々と手を出してみるもののどうにも長続きしない。

なかなか趣味が見つからないのは、本当に好きなものに出会っていないからだと考え、ますます様々なものに挑戦するが、一向に巡り合えず退屈な日々は続いた。

仕方がないので雑誌で紹介されているようなやり方で退屈をしのいだ。ショッピングをしたり、お洒落なレストランで食事をしたり、興味はないけど流行っている映画を観る。

そうして流行りが提供してくれるもので自分の時間を埋めていき、だんだんと自分と向き合うのを止めた。退屈がしのげれば趣味などなくてもよいと思うようになった。私が趣味を見つけられなかったのは、私の心に問題があったからだった。

私の親は強すぎる二元論者だった。

良いか悪いか。上手か下手か。豊かか貧しいか。価値があるかないか。意味があるのかないのか。

そんな思想の元に育ってきた私も当然のように二元的に物事を捉えるようになった。

そしてその測り方はとても物質的だった。

趣味は価値があるのかないのか。

ものになるのかならないのか。

白か黒でしか物事を判断できない私は、潜在的に「趣味などは何も生みださない無益なもの」と判断していたのだった。

本当はやってみたいことでも、この思考が邪魔をして、上手くできなければすぐに諦めた。そして結局手元にはいつもなにも残らなかった。私の人生はどんどんと味気ないものとなっていった。

それと並行して、良い年をした大人が下手の横好きと言わんばかりに何かに熱中する姿を非常に冷ややかにみるようになった。あんなに一所懸命に取り組んでも意味がないのに、と人を批判し、やらない自分を正当化した。

このように「失敗したくない」「物質的評価の得られないことをして自分の価値を下げたくない」という内面の問題と向き合わず他人を簡単に非難していた私は、職場でもよい人間関係を築くことができなくなっていった。

私にとって仕事はとても二元的でわかりやすかった。儲かるか儲からないか。効率的か非効率的か。仕事ができる人かできない人か。

常に結果でその人を判断した。プロセスは関係なかった。人間関係が悪くなるのは当然だった。

「自分の環境は自分が造っている」とはまさにその通りで、私は自分の偏った思想から趣味も作ることができず、職場の環境も自ら居心地の悪いものとしていった。挙句の果てに離婚までした。三歳の子を連れてシングルマザーとなったのだ。

それでもまだ合理的な方法を選んでいる自分は間違っていないと信じていたし、それに沿わない周りが分かっていないのだと自分の信念を曲げなかった。

しかし自分の精神の崩壊は着実に歩み寄っていた。ひとりで子育てをし、趣味もなく仕事に没頭していた私は、だんだんと行き場をなくした。毎日お酒を飲んでは自分からも現実からも逃げた。幼かった息子は母を励まそうと手紙を書いたり、歌ったり踊ったりしてくれたが私は一人になりたかった。私のすべてが空回った。そしてお酒の量ばかりが増えた。

このままではすべて壊れる。そんな想いが日に日に強くなった。毎日勝手に涙があふれてくる。限界だった。

もう無理だ。コップの水が溢れ出したのを感じた時、すべてがどうでもよくなった。同時にそれは私を取り巻くこの思考や価値観やしがらみ、すべてを手放す覚悟となった。ゼロからやりなおそうと思った。

ちゃんと自分と向き合おう。物質的な評価や、周りの価値観で自分の人生を選択するのを止めよう。シングルマザーだから正社員じゃないといけないと会社にしがみつくのを止めよう。

私が本当の自分と向き合うことから逃げている姿を子供にみせていて一体だれが幸せになるというのか。お金にもならない趣味など意味がない？　では心の平安はお金が創るものなのか？　物質的な価値ばかりを追いかけてきた結果がこのざまではないか。

人に評価される人生よりも自分が喜ぶ人生を歩もう。誰にどう思われたっていい。こんなに心が泣いている。私の心が泣いていることを私以外の誰も知らない。であるならば、救ってあげられるのも私しかいないじゃないか。

こうして私は会社を辞めた。しばらくは退職金でなんとかなる。自分の心が喜ぶことをする。もう誰かがやっていることを真似して暇を埋め尽くし、自分を見失うようなことは二度としない。この世は○や×なんていう単純なものではない。もっと心から望むことをただ素直に楽しもう。

そう決めた時から私の人生は歯車がきちんとかみ合い、まわり始めた。

勇気を出して、ずっと憧れていたバイオリンの体験レッスンに申し込んだ。あの頃の私であれば「大人になってからバイオリン？　ばかげている。上手く弾けるはずがない。」

と決して選ばなかったはずのものだ。

初めてバイオリンを抱えた瞬間は、涙が溢れそうになった。「魂が喜んでいる。」そう感じた。うれしい気持ちを大切にしはじめた自分を心が喜んでくれているようだった。

バイオリンを習い始めて四年がたった。一向に上手くならないが楽しく続けている。私はようやく趣味と呼べるものに巡り合えた。

バイオリンを習い始めてすぐにコロナ禍となった。発表会も開催されないままだったが、先日ようやくの再開となり初めて出演をした。

発表会は大人になってから習い始めた人たちばかりのもので、七十代後半の方から若くても四十代といったメンバーが出演した。なかでも七十代後半の男性は驚くほど下手だった。ところが、「過去の私」であれば「みすぼらしい」と見下していたであろうその場面に、私は心の底から感動した。その懸命に弾かれるお姿は大変に美しかった。

「何かを始めるのに遅いことはない」とは言い古された言葉かもしれない。「過去の私」には全く理解ができなかったこの言葉の真意も今はわかる気がする。結果ではなく、そこに至るまでのその人の勇気や葛藤、そういった人間臭いプロセスが人を感動させる。

同じものを見ていても、捉える側の人間力によって感じ方は全く違う。二元的にしか物事を見られなかった私には決して理解できなかったであろう新しい価値観と人生を豊かにする方法をその男性は見せてくれ、その姿は私の心を捉えた。

今でも両親から「下手くそ」だと言われると傷つく。しかしそんなことはもうどうでもよい。評価を恐れて何もしない人生よりも下手でも自分の人生を歩むことにしたのだから。人生の幅を広げるのも狭めるのも自分だ。

保育園児だった息子は中学三年生となり受験を迎える年となった。小さな手で私を励まそうとしてくれた彼は、大きくなったその手でドラムやサックスなどを楽しんでいる。趣味をたくさんもってくれていることが私は嬉しい。

このコロナ禍でますます自分の思う通りにならない世の中となった今、すべてを物質的価値観や二元的に評価していたあの頃の私のままでいたならば、一体どうなっていたのだろうかと思う時がある。あのまま暮らしていたならば、当時の私は私と息子をどこへ連れて行ったのだろう。

何者かになろうとしなくてよい、趣味を単純に楽しんでよいと許可を出した自分によくやったと言ってやりたい。

この文章を書くこともそうだ。作家でもないのに文章を書いても意味がない？そうではない。ただ「自分の内面の体験を書いてみたい。」それだけでいいのだ。

「ただやってみたい」を実行している「今、この瞬間」に私は生きている手ごたえを感じている。そしてその行動が連れてくる新たな価値観が意識を拡大させてくれているこの現状を楽しんでいる。

「やりたいことをやる」に変えたことで、周りの人すべてが自分よりも優れた面を持っていることも発見できるようになった。新しい職場での人間関係も良好だ。趣味をもった今、私は過去の傲慢で偏見に満ちた自分が造り上げていたつまらない日々から、ようやく脱出しはじめている。

フラメンコで広がる世界、広げる世界

堀内　典子

仕事帰り、カルチャーセンターのフラメンコ教室へ見学に行ったのは、今から十六年前のことです。勧められて受験した管理職選考は二次面接で不合格。定年後にも続けられる趣味を見付けたいと思い、軽い気持ちで見学を申し込んだのです。子どもの頃、バレエを少しの間、習わせてもらいました。両親が離婚し、母が生計を立てている家庭でしたから、発表会に出る余裕はなく、長く続けることはできませんでした。そのため、夢を娘に託して三歳からバレエを習わせておりましたが、元々好きで始めたわけでもなかった娘は、小学校卒業を機にやめてしまいました。「そんなにバレエをやりたかったのなら、ママがやればいいじゃない。」と娘に言われ、「確かに。」と納得しました。しかし、その時既に四十四歳だった私は、体が硬く、老年性膝関節症と診断されていたので流石にバレエは無理だと思ったのです。フラメンコならば、スカートが長いから足が隠れそうだし、バレエよりは歳をとっても続けられそう。それに、大学生の頃、スペインのタブラオで見たフラメンコ、かっこよかったしね。やってみるか。

しかし、実際に見学してみると、今までに経験したことのない独特のリズムで、リズム感が悪い私にはついて行けそうもないと正直思いました。受付の方に感想を聞かれているところに教室の生徒さんたちが押し掛けて来て、「楽しいから、一緒に習いましょうよ。先生も優しいよ。」と誘ってくださったのです。特に熱心に誘ってくださった方は、溌剌とされていましたが、恐らく七十歳位でした。老後も続けられる趣味を見付けたいという目的をもつ私には説得力がありました。それで、取りあえず習ってみることになりました。

形から入ることが好きな私は、早速、ダンス用品専門店を訪れて、フォルダと言う長く円形に広がるスカートやサパトスと呼ばれる踵に釘が打たれている靴、パリージョと言う名のカスタネットを購入して意気揚々とレッスンに臨みました。ところが、参加後は、へのへのもへじを描かれて、田んぼの真ん中にぽつねんと立ち尽くしている案山子の気分でした。猫背で背筋力の弱い私は、基本の姿勢を取るだけでも、腕が物干し竿のように重く感じられ次の日から激しい筋肉痛に襲われました。手拍子は、パルマと呼ばれますが、私の打ち方はシンバルを叩くサルのおもちゃさながらでした。みんなが一度か二度でできることが何度やってもできなくて、先生や他の生徒さんたちが呆れるほどでした。この踊りには向いていないとレッスンの度に落ち込みましたが、高いお金を出して道具を揃えた手前このままでは終われない、上手く踊れるようになりたい、私も発表会に出たいとの思いが募っていきました。発表会の申し込み期限のレッスンの日、「発表会に出ますか。」と先生が声を掛けてくださいました。習い始めたばかりの上に覚えが悪いので自分から出たいと切り出せないでいました。「私が出てもよいのですか。」とお尋ねすると、「一緒に頑張りましょう。」と先生。天にも昇る嬉しさでした。ところが、それから一か月も経たないうちに、「堀内さん、このままでは厳しいです。」と先生にレッスンの後に言われました。「では、止めます。」と即答すると、「止めることはできません。」と先生。「一体どうすりゃいいんだ。」言葉では表現できなかったクエスチョンマークで頭の中が一杯になりました。やめることができなければ、上手くなるために練習するしかない。一緒に習っている仲間を家に呼んでふりを教わったり、リハーサルのビデオを見たりして来る日も来る日も自宅での自主練習に明け暮れました。そして、迎えた発表会当日、無事セビジャーナスとガロティンの二曲を踊り、子どもの頃に果たせなかった夢を四十五歳にして果たすことができました。その達成感は今も忘れられません。

皮肉なことにフラメンコにすっかりはまってしまった私は、その後、新しい職場で再び管理職選考受験を勧められました。世間からはブラックと言われるなり手の少ない職でしたが、誰かがやらなければならないと説得されて観念しました。私のような者でも、未来を担う子どもたちに直接かかわる若い先生方が安心して子育てができる環境を整えられたら、自分が育てていただいたように若手育成に貢献できたらと思い直し、受験を再開しました。

副校長の職は、子どもの教育に直接関わるそれまでの職とは全く別の職でした。児童に加え、教職員の服務、施設・設備等の危機管理が主な仕事となりました。学校の施設予約の窓口や、学校の前に止められた放置自転車やテレビの処理、緑道の木にカラスが巣を作ったと言った苦情対応までもが仕事でした。自分の机の前には、教職員をはじめ訪問者の列ができ、いくつもの電話が同時になり響き、届いたメールには回答までの期間が短い調査が積もっていきました。そして、もちろんお子様方に関わる事件や事故への対応も日常茶飯事でした。休日にも地域行事が目白押しでした。気が休まる暇はありません。同じ職をする仲間のうちの何人かは、毎年、途中で病休に追い込まれていました。その度に、他人事ではない一抹の不安を覚えました。

そんな私を支えてくれたのは、フラメンコという全く別の世界でした。フラメンコは、アンダルシア地方で生まれた流浪の民、ジプシーの踊りです。一般社会の秩序に従わないジプシーの歴史は迫害と常に隣り合わせでした。怒りや悲しみといった魂の叫びこそがフラメンコなのです。そんなフラメンコに自分の姿が重なりました。どんなに仕事で疲れていても、フラメンコに行ってサパテアードで床をカンカン踏み鳴らし、カスタネットを叩き、先生にガンガン指導を受けていると不思議なことに、心が軽くなり、怒りや悲しみが喜びや快感に変わっていくのです。そして、いつしか仕事でたまったストレスや理不尽なできごとに伴う負の感情のエネルギーは、この踊りで、情熱と言う生のエネルギーとして有効利用しようと思えるようになりました。

おかげで、連続十三回、年一回の発表会に出演することができました。残念ながらなかなか上達せず、ポーズも決まらず、方向音痴でフォーメーションも覚えられず、レッスンの度に叱咤激励の嵐です。フラメンコの先生方を幕が上がるまで冷や冷やハラハラさせ、でも、頑張った分、自分に酔って気持ちよく踊ることができ、先生方にもそれなりに喜んでいただきました。そして、次こそはきっと！との思いが沸きあがります。私の中では、発表会に出演できたということ自体が勝利の証でした。そして、厳しくも温かく指導してくださる先生方には感謝してもしきれないです。子どもの頃、「赤い靴」と言うアンデルセンの絵本を読んで、足を切られるまで踊り続けていた女の子を不思議に思っていましたが、その気持ちがよく分かるほど、フラメンコに魅せられていきました。

ところが、そんな私の楽しみをコロナが奪いました。異動した学校では、コロナのためにレッスンに通うことが難しくなりました。もちろん、発表会もそれからずっとお預けです。学校でも様々なコロナ対応が求められ、苦しい日々が続きました。「赤い靴」の絵本で、赤い靴を履いた足だけが、狂ったように踊り続けて去って行った光景が、脳裏からずっと離れませんでした。

そんなある日、世界的なフラメンコ舞踏家が身近にいることが分かったのです。私は、その先生を訪ね、学校でフラメンコの授業をしていただけないかと頼みました。ありがたいことに引き受けてくださり、フラメンコ教室を体育館で開催することができました。スペイン人のギタリストと日本人の歌い手の奏でる素晴らしい音楽に合わせて、あでやかに舞う姿に子どもたちは釘付けとなりました。フラメンコの歴史について学んだり、カスタネットやアバニコなどの小道具の使い方を体験したり、フランメンコのリズムを手拍子と足踏みで刻んだりと子どもたちに楽しい時間をつくってくださり、感慨無量でした。子どもたちを愛するフラメンコに出会わせたいという夢を叶えることができ本当に幸せでした。

そして、昨年暮れ、久しぶりにフラメンコのレッスンに行ったとき、仲間の息子さんが南極越冬隊員になったと知りました。学校の子どもたちに南極のことを教えてもらえないかと頼むと息子さんに話をしてくださり、南極教室の実施校募集をしていることが分かりました。百人の越冬隊員が一人一校ずつ選んで授業をするとのこと。早速応募すると見事当選。自分の学校でフラメンコの友達の息子さんが司会を務め交信する南極教室の実施が十月に正式に決まりました。子どもたちに素敵な出会いをつくることができることになりこの上なく嬉しいです。

フラメンコ仲間には、専業主婦もいれば、様々な職種で活躍される方もおり、年齢も十代から八十代と幅広く、学ぶことも多いです。一緒に先生方が出演するライブに行くことも楽しみです。そこには、スペインの方も出演されており、世界とのつながりを身近に感じることができます。フラメンコという趣味を通して、私の住む世界は広がり、私とつながる子どもたちの世界までも広げてくれました。

三月末、私は、定年退職を迎え、十二年間の副校長職を含む、三十八年間の教員生活にピリオドを打ちました。最後まで勤め上げることができたのもフラメンコがあればこそ。

私には、新たな夢があります。それは、スペインのセピージャの春祭りに参加することです。フラメンコは、自分の年齢や体型などに捕らわれず、ありのままの自分や生き方を表現できる魅力的な踊りです。私は、新たな夢に向かって出発しました。私の夢はこれからも続くのです。

けん玉

倉谷　恵子

人けのない二階の広場で、コン、コン、コンと音が響いていた。私は膝を屈伸しながら右手を上下させ、目は糸の先にある赤い玉を追っていた。心の中では「もしもし、かめよ、かめさんよ…」と歌っている。夕食後の一時間、ほぼ毎日欠かさなかった「けん玉」の練習である。

二〇二〇年の春、私は中央アジアの小国にいた。その二年前から、現地の小中一貫校の校舎内にある寮の一室で生活し、日本語を教えていたのだ。しかし新型コロナウイルスの流行にともなって授業はオンラインに移行し、児童・生徒は登校しなくなり、学校は静まり返った。突如として出された非常事態宣言によって日常は遮断され、学校側からは門の外へ一切出ないように言い渡された。その上、空の便は国際線が停止し、帰国できる目途も立たなくなった。人と会話を交わすこともほとんどなく、正確な情報をどのように得るべきかも分からない。心身ともにやり場のない状況に置かれて、先の見えない不安を抱えながら、窓の外を眺めて時間を持て余していた。

日本にいれば、家の中でも自分の趣味で楽しめたかもしれない。だが異国の小さな自室には必要最低限の物しか備えておらず、買い物もできないため、気を紛らわせる娯楽はなかった。スマートフォンで動画鑑賞ばかりしていても飽きるし、気分は上向きにならない。そんな時に手に取ったのがけん玉だった。

日本の遊びを教えようと、折り紙や竹とんぼとともに、けん玉も授業で紹介したことがあったのだが、私はそれまでけん玉をしたことがなく、子ども達の前で手本を示すことができなかった。その時は仕方なく自分を許していたが、自国の遊びを体験していないことに、何だかもやもやした思いが残っていた。

ならば時間のある今こそ、そのもやもやを解消しよう。そう考えてけん玉の練習を始めたのだった。皿にのせられるようになれば御の字という程度で、上達する期待などまったくなかったのだが、意外なものだ。時を忘れるとはこのことである。やめられなくなった。

楽しくてやめられないのではない。皿に入らないまま練習を終えるのが何となく気持ち悪くて、成功するまで続けてしまうのである。技が成功して、玉が皿におさまると、思わず「やった！」と呟く。その成功時の小さな快感が味わいたくて「あともう一回だけ」と挑戦し、結局「あともう一回」を十回、二十回と繰り返すことになる。

当初は闇雲に腕を振っていたが、次第に上半身と下半身を連動してリズムをとること、視線の動かし方、玉を引き上げる際の力の入れ具合などにコツがあることが分かってきた。

大皿に入れられるようになったら中皿、小皿と挑み、冒頭に記した「うさぎとかめ」の歌にあわせて中皿と大皿の間で玉を行き来させる技も練習した。皿を使う技ができたら、次はけん先に入れる練習だ。玉をすぽんと棒の先に差すなど神業だと思っていたが、構え方や振るタイミングを自分なりに工夫すれば、しっかりとけん先にはまるようになった。

数週間前までできなかったことが、今の私にはできる。練習は裏切らない。技が決まる度に得られる達成感につられて、次第に朝も昼も晩も、空いた時間を見つけてはけん玉を持つようになっていた。

けん玉に没頭している間は余計なことを考えないし、新たな技を習得するという小さな目標を積み重ねていくから飽きない。気持ちを集中させ、一つ所で自分と向き合って遊ぶ。そこに日本的な精神性を感じ、単なる遊びを超えた文化的側面にも思いを致すようになった。海外の子ども達に日本という国を伝えたいと思っていたけれど、自国への理解を深めたのは、ほかならぬ自分自身だった。そして日本にいてはきっと未知のままだったであろう遊びの面白さを遠く離れた地で味わうことになったのだ。

それだけではない。けん玉は予想外の効果をふたつ、もたらした。

ひとつは、室内にいながらにして、汗をかくほどの運動ができたことだ。けん玉をする方はご存じだろうが、この遊びは動かないように見えて、動いている。腕はもちろんのこと、膝を曲げながらリズムをとり、知らぬ間に太ももやお腹、背中など全身を使っている。スポーツと言っても間違いではないだろう。

一時間も練習していると体が温まってきて上着は不要になり、じんわりと汗をかく。

慣れないうちは筋肉痛になった程だから、普段は使わない筋肉が動いていた証拠だ。運動不足の解消などというささいな喜びではなく、新たに体が作られていくような爽快さすら感じ、バランスを崩しそうだった心身が安定していくようだった。

もうひとつの効果は、コミュニケーションが生まれたことである。一人遊びでコミュニケーションとは不思議かもしれないが、パソコンやスマートフォンの向こう側のことではなく、実際に人との会話が生まれたのだ。

広場でけん玉の練習を始めると、階下から足音がする。「ドブリィ　ビエチル」。公用語のロシア語で「こんばんは」と言いながら男性が階段をのぼってきて、壁に並んだ椅子に腰かける。それは学校に詰めている守衛さんだった。私の技が決まるのを見ると「ハラショー　パルチッツァー（上手にできますね）」と言って笑顔になる。途中で「それをちょっと貸してください」と言うので、私はけん玉を渡す。彼はけん玉を構え、玉を皿へ入れようと試みるが上手くいかない。身振り手振りでコツを教えてみるけれど、そう簡単に成功しない。すぐにあきらめて、私にけん玉を返して椅子に座り直し、手元のスマートフォンをさわり始める。そして時折、けん玉とはまったく関係のないことを話しかけてくる。日本ではどこに住んでいるのか、故郷には何があるのか、どんな料理を食べているかなど、大部分は彼にとって見ず知らずの国、日本についての質問だ。

私が答えると、スマートフォンに何かを入力して見つめている。私が答えた土地や食べ物などを検索しているようだった。「きれいな場所だなあ」と感動の言葉をもたらしたり、「それはどんな味がしますか」などとさらに質問を投げかけてきたりする。時には日本語の漢字やひらがなの読み方を聞いてきたりもして、その度に私はけん玉を中断して答え、時にはこちらから質問をすることもあった。

けん玉の見学と日本談義で十五分程を過ごすと、彼は再び一階へ戻っていく。誰も登校しない学校ではやるべき仕事はほとんどないから、守衛さんも暇が多かったのだろう。こうしてけん玉の練習に顔を出すのが、日課になっていた。オンラインで大勢の人とつながることはいまや簡単だが、たった一人や二人の相手でも、顔を合わせて同じ空気を吸いたいという願いが、人間にはあるのだと思う。話し相手が減った中での守衛さんとのやりとりは、人としての日常を取り戻し、しかも日本の事を伝えられる貴重な時間になっていた。

二カ月近く続いた外出禁止の生活も終わり、程なくして日本への帰国がかなった。それからは日々やるべきことが山積し、しばらくはけん玉から遠ざかっていた。

そんなある日、偶然に英字新聞の中で、けん玉が世界で人気を博しているという記事を目にした。海外の多くの若者が超絶の技を練習し、けん玉に好みのペイントを施したりもするという。私は知らなかったけれど、けん玉はもはや、日本を飛び出し、ケンダマ（Kendama）として広く親しまれているらしい。

その記事を見た日から、かつての記憶がよみがえり、再びけん玉を手に取るようになった。もうあの頃のように何時間も没頭することはないが、パソコンに向かい続けて疲れた時、やる気が起きない時、作業と作業の合間などに、けん玉に手が伸びる。玉の音が響くそのわずかな時間が、同じ調子に固定されがちな心身に、変化と柔軟性を差し込んでくれる気がするのだ。

趣味には様々な定義があるだろう。大好きなこと、夢中になれること、憧れていたことなど。人はいつ、どんな場面で、趣味になるものと出合うかは分からない。私がそうだったように、必ずしも前向きで明るい出合い方をするとは限らない。私にとってのけん玉は、今では確かに趣味のひとつになったが、大好きとか、夢中という類ではない。あえて言えば、自分を救ってくれたもの、身近にあればきっとこれからも自分を支えてくれそうなものだ。

けん玉の直径五、六センチ程の玉に、私は宇宙を感じることがある。心を安定させ、他人とのつながりを生み、海外から日本の文化を見直すきっかけを作ってくれた玉。手のひらに包み込めるほどの小さなグローブ（globe）が、自分の内側と外側へ世界を広げ、深めてくれ、地球というglobeを認識させてくれたのだ。私は多分これからもずっとけん玉を手元に置き続ける。自身を救い、平静を保ってくれる、お守りのような存在として。

汗をかいて知った。だいじなこと

小田　陽子

大切なことに気がついた。

しかも、こんなにだいじなことが全部タダじゃないか！　私はしあわせの意味をじっくりとかみしめて、ゆっくりとおなかにおさめた。

週末夕飯を食べながら、夫が言った。

「ほう、こんな贅沢なユウメシってなかなかないぜ。幸せなこった」

今日の食材は、一年かけて私が育てた。

「どんなもんですかいっ」と誇らしげにお櫃からご飯をよそって、オーブンから鉄板を取り出した。お米も野菜もちょっと訳ありの汗をかいて手に入れたものだ。自分で収穫した大地からの恵みだ。夫に目をやると、ズッキーニをお箸でつまんで、ひっくり返して焼き加減をチェックしている。おでこの老眼鏡が落ちそうだ。この人とこうして何度ごはんを食べてきたのだろうか。こんな当たり前のことが、どんなに貴重でかけがえのないものであるのか。たった一つ歯車が狂うだけで、手の届かないところにいってしまう。どんなに欲しいと熱望しても他に同じものは存在しないのだ。ありえない瞬間なのに、日々の繰り返しの中で、意識のかなたに追いやっていた。

ふたりして野菜のオーブン焼きを囲む。ズッキーニ、ナス、ヤングコーン。厚めに切って、パン粉を振りかけて、岩塩をゴリゴリとミルして、オリーブオイルをひと回し、ニンニクを擦り付けて、二百度のオーブンで二十分。仕上げにパルメザンチーズを効かせた。口に入れるとチーズの塩味も手伝って野菜の甘みが引き立つ。オーブンで焼いただけなのに野菜に含まれているたっぷりの水分でスチームがかかって、中はホクホク、外はカリッと焼けている。絶品だ。お米は、土鍋で炊いた。古代米と大豆をまぜて、日本酒と塩をかくし味に入れて一晩つけおいた。古代米の紫色が溶けて出て、きれいな桜色に炊き上がった。お酒を入れたのは正解だった。炊き上がりのお米がぎゅっとしまって、ピッカピカに光っている。おにぎりにしたら何個でもいけそうだ。良質なたんぱく質と炭水化物にポリフェノール、バクバク食べて心もおなかも満たされる。

　昨年、とうとう田んぼと畑を借りた。自分の気持ちを置いておく場所が必要だったからだ。その頃の私は、仕事も家庭も老いた両親のことも、あっちこっちで八方塞がりに追い詰められて、どこかに逃走したい気分だった。このまま「なるようにしかならない」と達観することで、自分を止めてしまうのは耐え難かった。出口が見えない閉塞感を力ずくでも打破したかった。できることなら人目もはばからず大暴れして、体と心に溜まったストレスを徹底的に吐き出したかったのだ。口の悪い友人たちは、私の物好きにあきれて「究極のガーデニング」とそう呼んだ。「スケジュールをさらに詰め込んで、現実逃避もいいとこだわね」そのとおりだったかもしれない。ただただ無性に体を動かしたかった。

　ジムでインストラクターとズンバを踊っても、ヨガも筋トレも、果たして自分にとってどんな意味があるものなのかと、疑問を持った。体を動かしていても、心が動かない。放出したエネルギーが、ただの汗に変換されるだけに思えてつまらなかった。スタジオの正面の鏡に映る自分を見るのが嫌で、そっぽを向いた。ジムのかわりに、何か別の方法で体と心を動かしたかった。自分にとって価値があると思える汗をかきたかった。何か心から打ち込めるもので、一生懸命に体を動かしたい。私にできる力仕事が何かないだろうか……畑仕事！　農作業はどうだろうか。

思い切って前から気になっていた棚田の保存会に入会した。私に使わせてくださったのは、一番上の段、畳で十畳ぐらいの広さの田んぼが二枚。さらに、里山管理のＮＰＯから畑も借りた。メンバーだった外国人研究者の再来日がコロナ禍で決まらず、代わりを探していたそうだ。タイミングよく私が彼の畑の区画を継承することになった。押し入れの奥から昔着たジャージを引っ張り出してきて専用の野良着にして、不純な動機だったが、お米作りと野菜作りデビューだ。

まったくの初心者で、「ボランティア活動に参加」だなんておこがましかったが、便乗してしまった。丁寧に教えてもらっても、言われたことさえできるかどうか怪しかったが、自分の田んぼと畑があるということだけで、ワクワクが止まらなくなった。ひとりで何ができるのか未知だったが、始めてみたら田んぼも畑も驚きの連続でその魅力に心を奪われた。そこは、真剣勝負で力の限りの自分を試せる場所だった。作業に没頭して流した汗には、十分な価値があると思えた。思いっきり体を使って清々しい。心まで日本晴れ。しかも流した汗が無駄にならずに、文字どおり糧となって戻ってくるではないか。この汗の成果は、最終形がお米と野菜！　すべてが私の想定を軽くこえた。何かのお手伝いぐらいできればと思っていたが、逆に田畑が私を支えてくれた。助けてもらっているのは私のほうだった。

週末のたびに、棚田の里がある山に向かう。その場所は、人の生活圏のデッドエンド。ここから先は、どん詰まりの行き止まり。山から湧く水を、人間が受け継ぐ境界。降った雨が百年以上かけて、地上に出てきて、小さな流れが始まるところ。まさに、最上流階級。すぐに、私にとって、自分をリセットできる場になった。

農業は奥が深かった。ルールはシンプル。水は高いところから低いところにしか流れない。冬の次は春、そして夏がきて秋がくる。花が咲かなければ実は実らない。ひとつひとつは、なんでもない作業に見えても、そのじつは思ってもいない段取りがあり、季節が変わるころ、あとになってその意味を知る。昔から脈々と引き継がれてきた先人の知恵と経験に耳を傾けていると、自分のあれこれうまくいかない悩みなどつまらない戯言に思えてくる。

満を持して田植えに挑んだ。田んぼに入った最初の一歩。泥に足を取られてそのまま動けなくなった。膝まで泥にはまって、もがいて倒れた。土手に座って履いたまま長靴を洗っていて、かがみこんだ拍子に頭から池に落ちた。情けない己の姿に心の底から笑えた。植えた苗が次の日にぷかぷか浮いてやしないか心配で、こっそり夜中に田んぼを見に行った。体験したことがない闇夜だった。鼻の先もわからないような真っ暗闇に初めて身を置いた。足元を照らす一縷の光があるかないかで、一歩を踏み出す気持ちがこうも違うものかと自分にあきれた。あぜ道で自分史上最悪の恐怖を味わった。ヘビだ。以来、ヘビが怖くて、小動物のように息を止めては、あたりの気配をうかがった。

足元だけではない、頭の上も気になった。空を見上げ天気を読むことが多くなった。雲の上のその上まで、空はいつみても本当に広くて安心させてくれる。自然の圧倒的な力で、自分ではどうにもならないことがあることを嫌というほど知った。そして、それに潔く屈することが腑に落ちた。無力で小心者の自分の存在が心地よかった。どれだけ頑張って時間をかけてもうまくいかないこともある。努力が報われずに、自分の思い通りにならなくても、大丈夫なんだ。
土は、信じられないくらいずっしりと重く、水は、水路を掘って誘導しても思うように走ってはくれない。里山には、さらさらと風がわたり、流れてゆく雲が田んぼに映り、驚くほど大きな夕日が畑の向こうに沈む。

成果のほどはどうだったかというと、畑は、前人が育てていた名前もわからない野菜のこぼれ種が、次々に芽をだしてきて大豊作だった。植えていないはずのトマトが鈴なりに実って、大量のトマトジュースとソースができた。田んぼは、収穫直前、イノシシの襲撃を受けて見事にもてあそばれてしまい、出来高は玄米で四キロにも満たなかった。イノシシのほうが数段上手で、野生に完敗だ。デビュー戦の結果は、なんとも言い難いが、得たものは計り知れない。

大切なことがわかった。夢中で作ったこのお米と野菜を一緒に食べる人が、私にはいることに気づいた。

誰と何をどうやって食べるかは、決して月並みで当たり前のことではないと悟った。自分で計画してコントロールできることばかりではなく、偶然の仕掛けも働かないと完結しない。だから、どんなに欲しくても、同じものは手に入らない。貴重なめぐり合わせで辿り着いた時空だ。

「こんな贅沢なユウメシってないぜ」まったく、夫に同感だ。「贅沢なユウメシ」を構成するもの。光　土　雨　風　人　言葉と気持ち。

ありきたりの日常ほど、得難いものだった。それを失ったら再現はできないと思ったほうがよい。同じ設定のシナリオが用意できたとしても、それがシナリオである時点ですべてが違う。特別なことなど何もない現実が、実は何にも代え難い儚い偶然のフルキャストだからだ。経済力にものを言わせて獲得しても、力ずくで屈服させても、情にうったえて同感を求めても、媚びても、懇願しても、手に入らないものだ。それが、どうだろう。いとも簡単にぴったりとすぐそこに、毎日の生活に置かれている。

どうして今まで、気がつかなかったんだろう。

第三章

壁は多様性として受けとめてゆく

手話で次々と開く扉〜そしてチャレンジへ

父が聴覚障害者だったことがきっかけで、手話のサークルに通い始めた。「個性」が人をより輝かせる魅力になることを知る。手話は人の役に立ち、世界が広がり心の領域までもが広がりつづける。活力、感動、笑い、新たな扉が開く。

趣味と特技、そしてｈｏｂｂｙ

なぜ「趣味・特技」は一括りにされるのだろう。過去の経験に思いを馳せて紐解くｈｏｂｂｙ。長期にわたって打ち込んできた「稽古事」は、「特技」となり自信となり、他者も認める力になる。海外で人種の壁を乗り越えたバイオリン奏者の体験。

学びたい理由

社会人生活で習得したことを学問として修めてみるのはどうか。「大学通信教育部学生」になるチャレンジへの扉。学問を研究している先生、経験値のある社会人学生、年齢や環境も様々な仲間と対等に話せる機会。学業も趣味になる、と新たな自分に出会えた喜び。

終わりなき学びの道

二つ目の学士号「芸術」を授かった。三十年近いブランクがあったピアノ。今だからできる弾き方があるのではないか。音楽を理解するために、と踏み入れた新しい学びの機会。年齢も専攻も問わない音楽という共通の軸を持つ仲間の輪が広がり、私の世界も広がっていく。

いくつでも、いくらでも

農家に嫁ぎ、「もう六十」が言い訳の日々。ある日目にした、野菜のそばに置かれた手書きのポップ。なんだかやってみたくなり、絵手紙教室に通い出す。私の描いたポップを見て足を止める人。胸が熱くなる。「まだ六十」、歳を理由に躊躇せず、飛び込んでみよう。

手話で次々と開く扉〜そしてチャレンジへ

織茂　麻子

手で会話をする、私の趣味は「手話」である。きっかけは、私の父が聴覚障害者だからだ。父は手話ができない中途失聴者。仙台空襲《くうしゅう》で三才の頃に耳に障害を持った。私は物心ついた時から「麻子ちゃんのお父さんは耳に何をつけているの？」とよく聞かれた。父からも耳のことで多くの苦労をしたこと、理不尽な思いをしたこと等聞かされていた。

このような中で育った私は、社会人になりすぐに通い始めたのが手話サークルである。手話サークルには手話を日常使用している聴覚障害者（ろう者・ろうあ者）も数人おり、手話を覚えて会話できる喜びは感動であり世界を広くしてくれた。

私の父は耳が聞こえないのだが嗅覚が飛び抜けている。目の見えない方は、色彩豊かな食卓を考える、と聞いた。

つまり、耳が聞こえないという「障害」はあるかもしれないが嗅覚という感覚がイキイキとしているのである。同時に、目が見えないという「障害」はあるかもしれないが、だからこそ「今日は夕食に赤色が足りないな」などの「心の目」がイキイキとしている。

これは「障害」と呼ぶのはいかがなものか、障害ではない、背が高い人低い人がいるように個性だ！　その人を輝かせる魅力だ！　と、趣味の手話サークルのおかげでどんどん多角的な見方ができるようになっていった。

そんなある日、女子高校生の自転車のタイヤがパンクして困っている場面に遭遇した。私は「自転車屋さん、そこにありますよ」と伝えたが反応があまりなく、するとその女子高生から「私は　耳が　聞こえません」と手話で伝えてくれて口からも精一杯声を出してくれた。私は手話がまだまだの技術であったが「一緒に　自転車屋さんへ　行きましょう」と伝えた。私が手話を使えることを彼女はニッコリと笑顔で喜んでくれた。さきほどまで笑顔がなく「どうしよう」と不安な顔をしていた彼女がこんなにも喜んでくれている！　あ～本当に趣味の手話サークルがこんなにも役に立つなんて！　ありがとう趣味、ありがとう手話サークル！　と心から私も喜びあふれる経験をした。

女子高生と歩きながら自転車屋さんに着いた。自転車屋さんの老夫婦が中から出てきて私は彼女の自転車の状況を伝えた。そして、その老夫婦の説明を彼女に手話で伝えた。彼女は手話で「わかりました。ありがとうございます」と私に伝えてくれたので、それを自転車屋さんの老夫婦に伝えた。すると、その老夫婦の奥様が涙を流しているではありませんか。奥様は「手話がとっても美しくて、……感動しています」と。私は、手話サークルが身近にあったため、手話が身近にない方にとっては心に響くものなのだなぁ、と痛感した。と同時に私もその奥様の一言に感動して涙が出そうだった。

心と心を繋ぐあたたかなやりとり、に手話は見えたのだろう。

手と手、心と心、手話は表情も大事にして伝えるからより心に響いたのだろう。

趣味の手話サークルから、どんどんますます世界が広がっていく、心の領域までも広がりつづける、そんな感動を覚えている。

この自転車屋さんでの修理が終わり、手話で「ありがとう、気をつけて帰ってくださいね」と伝え、彼女は笑顔で帰っていった。颯爽《さっそう》と自転車をこぐ後姿《うしろすがた》は晴れやかで本当に嬉しかった。

その日の夜、その女子高生のお母様からお礼の電話をいただいた。「手話ができる人と会えて困っていたところ本当に嬉しかった、と娘が喜んでいます。ありがとうございます。」とお母様も喜んで伝えてくれた。私のほうこそ喜びいっぱい幸せいっぱいであった。ありがたいなぁ。

本当に趣味は素晴らしい。趣味の手話サークルから世界が広がった、と思ったら、またその向こうの扉が開く、広がりつづけるたびにその扉からあたたかな風が入り、その風が私の心に入ってきて心も広くしてくれる。趣味に心から感謝である。

また、手話は耳が聞こえない方々だけに役に立つものではない。聞こえる人同士でも窓越しに意思疎通できるのだ。

たとえばこのようなことがあった。耳が聞こえる手話のできる友人と、新幹線の窓越しに会話ができたことは、これまた世界を広げてくれた。私がホームで、友人が新幹線の中、私が手話で窓越しに「気をつけて帰ってね。今日はありがとう！」と伝えると、友人から「ありがとう。今日は楽しかった。麻子ちゃんも元気でいてね」と手話で窓越しに返してくれた。そして友人が続けて手話で「岩手の（当時、岩手県で暮らしていたので）駅弁、新幹線の中で食べること楽しみだわ。あ～お腹空《なかす》いたぁ～」と腹ペコの表情で伝えてくれた。その表情と手話が織りなすハーモニーと別れの寂しさに思わず涙ぐんでしまったことを覚えている。

手話サークルで出会った友人と、まさかこんな風に新幹線でのお見送り、窓越しの会話として手話を使うことになろうとは。あらためて、手話は本当に素晴らしい言語であると痛感した。そしてますます世界が広がっていくのを感じた。

またこのようなこともあった。

「声を出さないでください」という場所で、手話の指文字が役に立ったことがある。「あ」「い」「う」「え」「お」すべて一文字一文字手で表すことができる。手話サークルの友人が読めない漢字を指さして、「何と読む？」と手話で小さく私の目の前で伝えてくれた。私は彼女の目の前で、右手を出し、指文字で小さく表した。良かった、伝わった、彼女は安心した表情であった。声が出せない場所でも指文字が役に立てた。もちろん会話してはならない場所、であれば手話も使用できませんが、「声」を出してはならない場では良識をわきまえて使用することができる。あ〜本当に手話は深い、これはもう世界が広がるしかない、そしておもしろい。

手話のおもしろいことをいくつか書いておこう。指文字の「や」がある。この「や」を右手と左手で作り、それを重ねて「や」の倍《ばい》、つまり「やばい」と読むのだ。ろう者の友人が「や」を右手と左手、重ねて私を困った表情で見た時は、思わず二人とも笑ってしまった。ただ口で「やばい」と言うだけでは笑えないのだが、手話の指文字の「や」の倍《ばい》、を使っている時点でもう遊び心があふれているのである。なので笑ってしまい、あれ？困ってたことがどこかに飛んでいった、めでたしめでたし、となるのだ。いや〜奥が深い。手話はおもしろくてたまらない。

私が手話サークルに入りたての頃は「メール」という手話がなかったが、最近は時代の変化と共に新しい手話が沢山ある。「令和」という手話、そして「ズーム」という手話など。

「令和」は、片手を前に動かしながら、すぼめた指を緩やかに開く動作、典拠となった万葉集の梅の花の歌をイメージしている。「ズーム」は、右手の五本の指を折り曲げ大きくZ《ゼット》を描き表現する。本当に奥深くおもしろい。

これからも私は楽しみながら趣味の手話に親しんでいく。そして今年四月に決めたことがある。それは、今年七月から始まる「手話通訳者養成講座」の受講を申し込むことだ。限られた人数で養成講座を開催、合格率は低いようであるが、これらの経験があり世界がどんどん広がっていった手話には感謝しかない。感謝とともに申し込みをし、これからも楽しく学んでいくことには変わりはない。手話通訳者へのチャレンジをする、と決めたのは、まぎれもない私の趣味のおかげである。趣味は、活力、感動、笑い、様々なものを与えてくれる。さぁ、また新たな扉が開き世界が広がろうとしている。趣味に感謝。心よりありがとう。

趣味と特技、そしてhobby

鵜飼　真唯花

昨年私は、高校受験の出願書類作成にあたって「趣味・特技」の欄に〝バイオリン〟と書き込みました。幼少期に始め、受験時にも休まず続けていたので、趣味にも、そして特技にも当てはまると考えたからです。

趣味を単純に好きなこと、と捉えれば、読書や音楽鑑賞、それにゲームなど、他にも沢山ありました。ですが、そのなかで特技といえるのはバイオリンだけでした。

特技に書くことがあってよかった、とその時は安堵して次に移った一方で、なぜ、趣味と特技はたいてい一緒の欄にあるのかということについては不思議に思ってもいました。趣味が高じれば、いずれは特技にもなるはずだという「好きこそものの上手なれ」のような、伝統的アイデアによるものなのでしょうか。このことについて考えたとき、思い当たることがありました。

そこでここではまず、私の体験したことからお話したいと思います。

私は4年前、ニューヨークの中学校で2年ほど、学ぶ機会がありました。

アメリカでは、小学校から高校までのあいだ、音楽の選択科目をコーラス、バンド、スクールオーケストラのなかから一つ、選ぶことができます。私は前述のとおりバイオリンを習っていたので、オーケストラを選択しました。

スクールオーケストラでは年に2回程度の学内コンサートを行います。私の通った学区ではほかに、小中高が合奏するコンサートや、ゲストを招いてのコンサートなどもありました。それぞれのコンサートについて、学期のなかで練習を重ね、団員の役割を決めていくのです。

私は中学校の途中で編入したため、オーケストラの初日では先生から

「一番後ろの席に座って」

と指示されました。日本でも同様ですが、このスクールオーケストラでも、すでに実力

順に席順が決まっていたからです。

バイオリンではファースト、セカンドのパートがあり、それぞれ席が決まっています。さらに、中でもとくに一番と認められた人は、指揮者の横の席、コンサートマスターという役割を任されることになります。

ニューヨークではNYSSMAという、州で年に一度行われる楽器ごとの技術検定テストがあり、その結果ごとにレベルが一目瞭然なので、誰が一番かということは客観的にわかりやすくなっています。コンサートマスターについても同様ですが、何人かが同じレベルだった場合には、このポジションになりたい、という本人の希望に沿ってオーディションが行われることになっていました。

このような状況下で、未経験のオーケストラ、かつNYSSMA検定も受けておらず、英語も流暢ではなかった私は、その初日、後ろに座ったままで、今後もずっと認めてもらえないのではと不安になっていました。わからないことだらけの中で、周りの子も特に助けてくれたりはしませんでした。

しかし何週か過ごすうちに、言葉で伝えられなくても、先生の指示に自分の音で応えることはできる、と気づきました。そして徐々に先生も私の音に気がついてくださり、席を段階ごとに前の方にしてくださいました。

このようにしてまず先生が音を認めてくださってファーストバイオリンに上がり、次のコンサートに向けてコンサートマスターを選ぶときには、私はその3人の候補の中に入れてもらうことができました。オーケストラメンバーみんなの前でオーディションの演奏をすることになったのです。

演奏後はまず、白人の男の子に盛大な拍手があがりました。次の白人の女の子にも拍手があがりました。そして最後に迎えた私の番、拍手はほとんどあがりませんでした。しかし、ジャッジするのは先生です。結果的にその場で先生が私を選んだときのことでした。候補3人の健闘を称え、次のコンサートマスターが決定したことへの拍手を、と先生が求めると、黙って見守っていた生徒のあいだから突然

「アジア人に負けるなんて！」

という声があがりました。

誰が言ったのか知られても平気なようで、周りに同意を求めるジェスチャー付きです。クスクス笑いがひろがり、隣の白人候補者2人も互いに顔を見合わせ、肩をすくめます。

「エイジアン」という言葉が耳に残り、驚くばかりの私に、先生は厳しい顔で改めて皆に拍手を促したあと、振り返って、

「日本人で初めてなんだよ。とにかくしっかり頑張ることだね」

とおっしゃったのでした。


このとき私の通った学校は白人比率が高く、教育水準も高いことから、日本人を含めたアジア人にも人気がありました。しかし日本人は言葉の壁に加え、おおむね数年の短期滞在で帰国してしまうこともあって、学校内では仲間うちで固まり、現地生徒はそこに関与しない、というスタンスが既にできあがっていたことが後でわかりました。そこへコンサートマスターとして皆を率いようなどというのは、反感を買って当たり前だったというわけです。

のちに友達になった現地人の女の子からも、日本人と関わることを親が心配している、と聞いたことがありました。仲良くなっても、すぐにいなくなってしまうから、ということが理由だそうです。実際小学校のときに悲しい思いをしたんだ、と彼女は言っていました。

それでも、彼女は友達になってくれました。そしてNYSSMAの検定を受けてレベルを上げ、初めてのコンサートマスターとしての仕事を無事終えたときには、先生からも

「よかったよ、あなたを誇りに思う」

と言っていただけました。2度目にコンサートマスターに選ばれた頃には、周りもみんな大きな拍手で認めてくれるようになりました。あの「アジア人に負けるなんて」と発言した子までも、私にバイオリンの弾き方を教えてほしいと言ってくるようになっていました。その前に

「以前言ったことはごめんね」

との謝罪もあったうえでのことです。

帰国間際、私は習っているバイオリンについて、「道」という日本語を引き、クラスでプレゼンテーションを行いました。

「道」は一般名詞ですが、道路や道順を表すものだけでなく、華道、舞踊などの芸道、柔道、剣道、空手道などの武道、そして悟りや道徳のような、精神性を表す意味も持っています。師匠について厳しい稽古を積み、技術を研鑽していく過程が、士道と呼ばれるような、日本人の精神性の基本にあると説明しました。そして習字やバイオリンを習うことも「稽古事（＝ｈｏｂｂｙ）」であり、先生への礼儀なども合わせて習得する「道」なのだ、と締めくくりました。

クラスメイトの反応は

「クール」

「グレイト　サムライスピリット」

などと好意的で、習い事でも礼儀を重んじるところが素晴らしい、という感想をもらうことができました。

これが、私のバイオリンを通じたひとつの体験談です。

ここで再び「趣味・特技」欄への最初の疑問に立ち返ってみたいと思います。「趣味」について、学校では英訳をｈｏｂｂｙだと習います。しかし英語の「ｈｏｂｂｙ」は、日本語の「趣味」とは少し意味合いが違います。日本語の趣味が、本人がただ好きで習慣的に行うこと、というのに対し、ｈｏｂｂｙには向上心を持ちながら、長期にわたって打ち込んできた活動、というニュアンスがあるのです。英語のｈｏｂｂｙは、まさに先のプレゼンテーションでも使った「稽古事」であり、特技にまで発展させられるものである、というわけです。

これで「趣味・特技」欄の謎が解けました。つまり趣味に特技をプラスして質問することで、相手にｈｏｂｂｙを尋ねるのと同じことになるのです。さらに言うならこの欄では、趣味でも、特技のほうでも分けて答えてよいし、ｈｏｂｂｙとして答えてもよいわけで、自分を相手に知ってもらうために活用できる、便利な欄、ということにもなりました。

これらを踏まえ、最後に私の考えを述べます。

どんな世界でも、自分自身が実力で認められるよう努力することは大事です。しかしオーケストラで発言をのちに撤回してくれた子のように、ときに自分の見誤りを謝罪し、そして相手の実力を認めることも同じくらい大切で、勇気ある事だと思います。

私が自身の体験から感じたのは、趣味は自分の楽しみばかりではなく、心身を鍛える稽古事に通じており、その趣味を通して自らも、また他者をも磨くことができるという一面を合わせ持っているのだということです。真面目に練習してきたことは、自信につながり、その力で世界を広げていくことができます。そしてそれは同時に他者を認める力でもあるのです。

新しい世界を開き、人と人との関係をつなぐモチベーションになるということ、つまりそれが好きということの力なのだと、いま、私は考えています。

学びたい理由

古井　香澄

「まぁ、遊びとは言わないまでも、趣味みたいなもの」

職場で普段冗談を言い合う気の置けない人たちに、ふと私が通信教育部の大学生であることをカミングアウトした。すると、

「習い事の延長みたいな？」「通信…。ボールペン字講座よりかは本格的だね」

彼女たちに悪気は全くないのはわかっているが、この反応に少なからず私は傷つき、軽く反論したい気持ちを隠して、自分の口でそう言った。

私と机を囲んでいた学友たちは、私のこのエピソードに対し、「あるある」とうなずき、似た経験を皆しているということを知った。

中には、「隠しているわけじゃないけど、必要ないから職場の誰にも言っていない。

卒業してから卒業証明書を持って上司に報告に行くつもり」と傷つくことから回避する策をとっている人までいた。

「周囲からしてみれば、その程度の認識なんだろうな」と自虐的に慰め合っている私たち。それでもこう言い切れた。

「こんな貴重な体験の数々、経験したことのない人にはわからないもんね」

「仕事が休みの日に、どんどん学校の予定を入れていくの、大変だけど本当に楽しいんだよね。わからないだろうね」

二十歳前後の学生が大半の教室では、同年代同士ならではの共有できる苦楽があろうが、私たちの教室は年齢もバラバラ、これまでの人生経験も十人十色で実にバラエティに富み、ユニークで刺激的なのだ。

通信教育部は、高校を卒業していれば誰でも試験なしで入学できる。それ故か卒業率が一割に満たない。不可解だが、卒業したくない人がいるとも聞く。入学する動機も卒業する意志さえも、一人ひとり違うことが面白い。

「高卒で公務員になって、今こうしているのは大卒よりも高卒の方が公務員試験の門戸が広いから。でも、待遇や将来のことを見据えると、大卒のほうが有利。したがって、この方法をとった」

「会社のトップがそろそろ変わりそうで、次期社長は学歴にこだわる人物らしい。何でもいいから大卒になっておこうかなと」

こんな学友たちを前にすると、私の入学動機など本当に趣味みたいなものだと感じた。私も高卒で社会に出て、今身についている知識や社会通念は、給料をもらいながら、多くの面倒見の良い先輩方に教わったことばかりだ。高校で習ったことなど、全て満点で卒業したとしても、社会に出れば理解できていて当たり前のレベルで、日々勉強だと思い知らされた。

―だから逆に。今までの社会人生活の中で習得したことを、学問として修めてみるというのはどうか。

雑誌の片隅に載っていた大学の通信教育部学生募集に目がとまった時、そんな考えが浮かんだ。今ならやり遂げられるのではないか。勉強は得意ではなかったが、嫌いでもなかった。突如降って湧いたようにチャレンジする腹が決まった瞬間だった。どうせチャレンジするなら学部生と同じように最短年数で、一割に届かない卒業率の中に入ることを目標に掲げた。

通信教育部ではあるが、入学後は仕事と授業のスケジュールとをにらめっこし、可能な限りキャンパスへ出向き、面接授業で単位を取ることにしたのだが、ここで出会った学友たち、先生方の多様さに私は興奮したのである。

引きこもりだけど、勉強は好き。会社と自宅の往復以外の行き場として。

こういう人たちが、卒業できる単位を取り終えても残り続けたり、違う学部にすぐ再入学したりするのかなと想像した。

振り返ってみれば、仕事の都合上、これより数年前でも後でも、時間の工面とスケジュールの調整はできなかった。この時に思い立って行動に出られたのは、たまたまタイミングが合って縁がつながったと言える。実際、切実に卒業したいのに、成績面ではなくて、時間や体力の問題で日常生活との両立が難しくなったとか、家族の理解が得られなくなったとかで挫折した人がいたことを思うと、私は運がよかったと思う。

学友同士で情報交換し、キャラクターが際立つ先生の噂を聞きつけては、好んで履修した。授業というより、自分の主張をぶちまけるような語り口の先生とは、授業終了後にそのまま居酒屋へなだれ込み、談議に花を咲かせたりもした。年代が近い先生とは、社会人同士の不思議な距離感で、学問として研究している先生と、現役で現場に身を置いているそこそこ経験値のあるいい歳の学生が、社会で起きている事象について対等に話せるのも特異な経験だった。

世界に名を知られる先生がいる一方、中央卸売市場にいた人が非常勤講師として教壇に立っていたりと、興味が尽きることはなかった。まったく知らない業界の話が臨場感たっぷりに聞けるので、授業が脱線するのをいつも心待ちにした。卒業単位に到達しても、まだまだたくさんの授業に出たい気持ちが痛いほど理解できた。

特筆すべき、忘れられない学友がいる。面接授業で私の父親ぐらいの年齢と思しき男性がいた。一番前の中央の席にいつも陣取り、九十分の授業中に一、二度トイレに立った。

帰り際、よく同じ科目を履修して顔見知りだった「昔つまらないことで中退してしまった大学をやり直したい」学友と、その年配の男性が親しげに話していたので、私は二人に近づいた。年配の男性は私の顔を見るなり謝り始めた。

「トイレが近いのに前の席に座らせてもらって、落ち着きなくてすみません」

驚いて私が気にしないようお願いしたが、本当に驚かされたのはこの後だ。

─耳が遠くなり始めていて、一番前に座りたい。しかし腎臓が一つしかないのでトイレが近い。息子に片方の腎臓をあげたから─

「長く生きられないかもと宣告された息子が、今も元気にしているんです。僕もこの通り生きています。だから残された人生、どう有意義に過ごそうかと考えた時に、勉強しようと思いついたんです。やるからには一生懸命やりたいんです。だから一番前に座りたいんです」

こんな発想があるだろうか。私は返す言葉が見つからなかった。

学びたい人が集う場は尊い。私はいい趣味に出会ったと誇りに思っている。学生になっていなかったら、まず出会えていない人たちと巡り会い、学部生のように頻繁に顔を合わせられなくても、様々な事情も理由もありながら頑張る学友の存在が、幾度となくスランプに陥った私を救ってくれた。

入学当時は最終学歴を更新することを第一の目的とはしていなかったが、更新してみるとわかった。卒業式で改めて学友たちの姿を眺めていると、入学時とは明らかに違った。堂々としていて、知識が増えたこともだが、達成感によって自信がついたのだと思う。自己肯定感が高まり、内面の変化は外見にも出た。私も例外ではないと称えてもらえたのもうれしかった。

夢中になれるのが趣味だとしたら、間違いなく学業も趣味になり得る。趣味に時間を割こうとすれば、それ以外の時間配分の効率をよくしようと努力する。そして、趣味の時間が充実していると、それ以外の時間も充実して、心地よい忙しさの毎日に、清々しささえ覚えるようになる。習い事でも長く続けて免状や資格につながったりする。趣味で学位記をもらうのもいいのではないか。

知的好奇心を失わず、また人生のどこかで新たな学友、新たな自分と出会うのを楽しみにしている。

終わりなき学びの道

吉田　結花

この三月、音楽大学四年間の課程を無事修了した私は、『芸術』の学士号を授かった。二十二歳で一度文学部を卒業したから、晴れて二つの学士号ホルダーとなった訳である。六歳の夏から十四歳の秋まで、そして三十年近いブランクを経た秋から今現在まで、それが私のピアノ歴である。職業として演奏する立場ではないから、趣味ということになるのだろう。その趣味の延長で、音楽大学への入学を考え始めたのは、再開後間も無くひとつの疑問を抱いたからだ。子どもの頃は、弾けなかった曲が弾けるようになればただ嬉しかったし楽しかった。しかし折角またピアノを弾き始めたのに、ただ同じように無邪気に喜ぶだけでいいのだろうか。今だからできる弾き方があるのではないだろうか。音楽をもっと体系的に、例えば歴史や思想や地理といったつながりから捉え、表現することはできないだろうか。そこで、音楽史の教科書や作曲家の伝記を手に取ってみた。しかし、経緯の糸が織り合わさったような理解にはなかなか辿り着かない。音楽を理解する手がかりを一番確実に学ぶことができるのは、やはり大学ではないのだろうか。

迷う背中を押してくれたのは、義母である。法事で集まった娘や姪や嫁たちに向かって力強く高らかに宣言した。

「貴女たちね、何でもいいから趣味を持ちなさいよ。貴女たちぐらいの年から始めて一生懸命打ち込んで、案外ものになる人が多いものなのよ」

中高年に差し掛かると、特に女性は、子どもが手を離れたり仕事を辞めたり、しばしばライフスタイルの激動期を経験する。多分義母は、趣味を持つことがそうした変化を乗り切る一助になることを見極めていたのだろう。何より彼女自身が、そうした時期を経て、はや趣味の域を超えた絵画に油の乗り始めた頃合いだった。私たちは無邪気に顔を見合わせて、「え、趣味だって」「良いねえ、何やる?」「何かあるかしらね?」と大いに盛り上がったが、私の中に『音楽大学』が一段クローズアップされた瞬間でもあったと思う。

ただ、事はそう簡単ではない。まだ子どもが「手を離れた」と言える段階ではなかったし、長年手がけてきた仕事にも未練がある。そもそもピアノを大して弾ける訳でもないのに音楽大学に入れるのだろうか。音楽大学は、若い演奏家の卵が行く場だろうに、中高年の学生などお呼びでないのではなかろうか。

幸い、師事していた先生は進学を視野に入れたいと申し出ても笑わなかった。寧ろ音楽大学で開催されている受験講習会に参加することを勧めてくださった。そして講習会では多くの先生がたや職員から、

「幾つになっても勉強したい姿勢は歓迎」

「音大ってすごく上手な人ばかりが来る訳じゃないのよ、勉強したい人が来れば良い」

「うちの大学には八十代の学生さんが居ることもある、心配しなくてもいい」

と口々に励ましの言葉をいただいた。

安堵しつつもさらに数年を経て、私はようやく入学試験に臨んだ。子どもの学生生活に終わりが見え始めた年、私は過労から長期的に仕事を離れることになった。療養生活

を送りながら、考えたのだ。今まで私はどちらかと言うと「皆を不幸にしない」仕事をしてきた。でもそろそろ「誰かを幸せにする」仕事を始めてもいいのではないだろうか。音楽はそれを助けてくれるのではないだろうか。だとしたら、今を逃す手はない。

義母や義姉妹は、退職後のことを心配していたが、恐る恐る入試の結果を報告すると、「ちゃんとやること考えてあるのね、あぁ良かった！何しろ退職した後で暇を持て余すのが、一番心配だったのよ」

とニコニコ送り出してくれた。

二度目の学生生活は、昔の学生時代の記憶に比べて随分と忙しかったが、コロナ禍のもとでの諸々の制約があってもやはり充実した四年間だった。期待した通り、歴史や文化、思想など幅広い切り口から音楽を考えるのは何よりとても興味深かった。私が在籍したコースでは、クラシックは勿論ジャズやポピュラー、バレエなど舞台芸術全般、舞台運営、あるいは音楽療法など音楽に関わる広い領域を俯瞰的に学ばせて貰えた。コンサートを作るためには何を考える必要があるか？といった演習も、実際にコンサートを組み立てて運営する実習色の強い授業もあった。また、主専攻の他にかなりの副専攻実技を履修できるのもこのコースの特色の一つだった。私も作曲にチェロと、大学でなければ恐らく生涯関わることのなかっただろう実技科目を履修し、「ピアノを弾く」以外の視点から演奏や表現方法について学ぶ機会を得た。これは、稚拙であっても新しい表現手段を手に入れたことに他ならない。やはり音楽を学び直そうと志して良かったのだと思った。

一方、大学自身も、私がぐずぐずしていた数年の間に大きく様変わりしていた。短期大学部門にリカレント学生をメインターゲットとしたコースを設立したことをきっかけに、学校全体にリカレント学生が急増していたのだ。『八十代の学生が居ることもある』どころではない、下は十八から上は正に八十を数える昔の若者まで、色々な年代の学生が机を並べているのが当たり前の光景になっていた。先生がたが「年齢なんて所詮は学生の多様性の一要素に過ぎない」と分け隔てなくするのを目の当たりにすれば、若い同級生たちも「大学だからそんなものだよね」とごく自然に受け入れてくれる。「どうせ友達ができる訳もなし、精々若い人たちの邪魔にならないようにお勉強に励みましょう」

と殊勝な心がけで入学したリカレント学生同士の交流も深まり広がり、音楽という共通の軸を持つ仲間の輪がつながっていく。件のコンサート実習の終演後に分かち合った、年齢も専攻も問わずの不思議に幸せな一体感は、高校時代の文化祭の思い出のように、きっと生涯忘れる事はないのだと思う。

リカレント学生仲間の多くは、必ずしも演奏家を目指す訳ではなく、私と同じく趣味が高じて学生になったケースが多い。しかし何となく集まって話していると、短期大学二年ないし学部四年の学生生活ではまだ飽き足らないと訴える人が多い。短期大学から三年生に編入し、さらに大学院まで進んだ人も居る。一体私たちはなぜ、こんなにも「学校」という場に惹かれるのだろう。

お互いの卒業後について話ができるようになったのは、卒業式の式典後のことである。

「実は私、三年次編入することになったの」

「○○さんは大学院に戻ってくるみたいよ」

と、何かしらの形で音楽との関わりを持ち続ける人ばかりで、非常に心強く勇気づけられる思いがした。学べば学ぶほど、知りたいことが増えて世界が広がっていく。その度に人の輪も広がっていく。

修士課程を修了した先輩の

「そりゃあ私たちの学びの道には、終わりはないのだもの」

の一言に、深く頷いてしまった。定年も何の決まりもない「趣味」だからこそ、私たちは無限の好奇心を惹き出されてしまうのに相違ない。

さぁ、では私はこれから、どんな音楽シーンで、誰かに幸せを感じてもらうことにしようか。

いくつでも、いくらでも

見澤　富子

「ご趣味は何ですか」

四年前の結納。先方のお母様の言葉にハッとした。農家に嫁いで四十年。朝から晩まで休む暇もなく働き、その間三人の子どもを育てた。正直『趣味』と呼べるものはない。一方彼女は定年を迎え、平日は社交ダンス。週末はご主人とゴルフという暮らしぶり。

「本当にいいわよね。羨ましい」

帰りの車内。私はため息交じりに言った。本当は「何で私ばっかり」と強く言いたかった。月三万円の年金じゃ日々の生活はおろか、美容院にさえ行けない。あいにく息子は「農家なんか継ぎたくない」と出て行ってしまう始末。畑はどうする？　介護はどうなる？　老いたふたりにのしかかる重圧。もう一寸先は闇どころか、ずっと闇の中。

「そんなのないものねだりだろう」

　夫が冷たく言い放つ。私もたまらず窓の外を見る。泣きたくなるほど悲しい空。もし息子が継いでくれたら。もし農家じゃなかったら。もしこの人と結婚しなければ。そんな不満を整体院で漏らした時だった。

「四十年も農業ってすごいですね」

「何言ってんのよ。もう六十だから大変よ」

「確かに足の軟骨がすり減ってますから少し手術を考えた方がいいかもしれませんよ」

　こわばる膝をじっと見る。痛む関節をそっと擦る。その指先もまた歳のせいか震えていた。

「もう六十だから今さらそんなこととしても」

「温水プールでウォーキングとかは」

「もう六十だから」

「ヨガなんかも」

「だからもう六十って言ってるじゃない」

もう六十、が口癖に。そしてそれが言い訳に。結局私は自分で前に進む足をもぎ取っていた。

そんな中、地元に食の駅がオープンし、野菜を出荷することになった。しかし一日目は半分しか売れず、二日目は半分も売れない。三日目にはもう出荷する気力すらなくなった。

「もうここに出すのはやめた方がいいかもな」

売れ残ったシシトウを見て夫が言う。隣を見れば『本日完売』の札。私はそれをどうしようもない気持ちで見つめた。

だが転機は訪れた。帰り際誰かが書いたポップに足をとめた。流れるような文字に、生き生きとした色づかい。

「これ、私が描いたのよ」

ひょいっと顔を出す。その女性もまた手にシシトウを持っていた。

「うちは三代続く農家でね。夫は亡くなっちゃったけど、こうして細々とやってるの」

手書きのポップは絵手紙の趣味が高じてだという。野菜づくりの傍ら、空いた時間でポップを描いているというから驚きである。

「こういうのって人目に付くじゃない？」

「ああ……」

「ただ野菜を並べただけじゃ、お客さんもどれを買っていいかわからないし」

「うーん」

「おかげで売り上げもよくなって」

「えっ」

「ポップがあるだけで三倍になったのよ」

「おお！」

もはや相槌だけでア行が制覇できそう。彼女のシシトウも、正直、見た目はうちと何ら変わらない。でもお客さんからしたら『辛ウマ！朝採れ！』は情報であり、魅力。何だか私もやりたくなった。

「それ、私にもできますか」

彼女は「もちろん」と言いつつ、自らが主催する絵手紙教室に招待してくれた。初回の持ち物は履歴書。その日机に向かった私は早速ペンを走らせた。名前。生年月日。職歴。次々と必要な情報を埋めてゆく。しかし、である。『趣味・特技』のところでペンが止まった。農業一筋四十年。正直『趣味』と呼べるものはない。もしここを空欄にしたら相手はどう思うだろう。つまらない人間?取り柄のない人間?

「ああ、もおっ」

私は苦肉の策で『園芸』と書いた。外を見ると水やりを忘れたユリがすまなさそうに頭を垂れる。これでいいわけがない。思わず履歴書をクシャッと丸めた。

こうして約束の日はやって来た。玄関に入るなり『金賞』のトロフィーが目に入り、アトリエではすでに三人の生徒が作品を見せ合う。その風景はなんと輝かしいことか。見ているうちに頬がこわばり、足がすくむ。ダメだ、ダメだ、ダメだ。

「すみません。今日はちょっと見学で……」

私はちいさな声で言った。本当は「やっぱり無理です」と強く言いたかった。しかし彼女は言った。

「みんな最初はそう言うけど何とかなるから」

もう完全に逃げられなくなった。

このあと実物を前に墨でシシトウを描き始めた。絵手紙は基本ぶっつけ本番。下描きも、消しゴムも、一切ない。筆を静かに紙におろす。描けると信じた。うまくいってくれと祈った。しかしこういう時に限って頚椎症による手の痺れが襲う。

「ああ、もう」

手の震えをとめる。その手もまた緊張で震えていた。

「おばちゃんの絵、なんかヘン！」

居合わせた小学生が笑った。キュウリのようなシシトウ。ポップの『辛』の字は何とも弱々しい。

「もう『おばあちゃん』だから上手に描けないんだよ」

私は言い訳をした。すると「おばちゃんって、おばあちゃんなの？」と目を丸くする。挙げ句の果てに「いつからおばあちゃんになったの？」と聞く始末。私は少し考えた。世間的には孫ができたらおばあちゃん。でも孫がいない私はどうなるのだろう。ふと窓の外を見る。シワだらけの顔に白髪交じりの頭。思わず目を背けた。

　この日描いたポップは翌日、売り場に貼られた。家族連れで賑わう休日の店内。カートを押す主婦の姿はまるで回遊魚。しかしどのカゴを見てもそこにシシトウはない。

「ああ、やっぱり……」

　仕方なく自分でシシトウを買った。いくつカゴに入れたかわからない。ポップ効果で売上三倍どころか出費の方が三倍に。私がレジに向かおうとしたその時だった。

「あら、こっちのシシトウにしようかしら」

　ひとりの女性が足をとめた。

「なんだよ、そっちにすんのか」

　背後からカゴを持ったご主人も現れる。

「だってこのポップ、いいじゃない。この揺れるような線、味があるわあ」

　その言葉を聞くなり、急に胸が熱くなった。思い通りにいかない日々に、思いがけない喜び。最後はポップの『辛』が『幸』に見えた。

「あら!よかったじゃない!」

　そのことを聞いた彼女は喜んだ。今度は一緒にコンクールに出しましょうとも。しかし私にはずっと疑問があった。まもなく古希を迎える彼女。その原動力は一体どこから。だがその答えは『二階』にあった。

「どうぞ」

招かれるままに部屋に入る。そこには介護ベッドと遺影があった。

「これはうちの主人。もう十年前に亡くなって、ね」

ゆっくりと言葉を紡ぐ。そのまなざしはどこか寂しそう。

「六十のときにがんが見つかって。最期は家で、って言うから私がここで看てたんだけど……」

その闘病生活は壮絶だった。痛い。苦しい。もう殺せ。日に日に増す痛み。最期はもう声もかけられなかったという。そんなご主人の部屋はリビングよりも壁が分厚くなっていた。リビングにいる家族の笑い声を聞かせまいとする配慮だろうか。それとも逆にこの部屋で苦しむご主人の声を外に漏らすまいとしているのだろうか。今でもこの部屋に入ると自然と涙が出るそうだ。

「六十になったらボクシングがやりたいって言ってて。でもね、私が『もう歳なんだから』ってとめちゃったの。そしたら数ヶ月後に余命宣告でしょ。なんであの時『やりなよ』って言えなかったんだろう」

無念は、なお、胸の奥深くに刻まれている。だからこそそれまで淡々と話していた彼女が、話し終えると、すっと目を逸らした。その時彼女は何を見つめていたのだろう。誰と向き合おうとしていたのだろう。手すりを握る手は悔しさも握っていた。

それからというもの、色んなことにチャレンジしたくなった。年甲斐もなくツイッターをやってみたり、ヨガ教室に通ったり。もちろん何かを始めるには勇気が要る。金銭面、体力面。出来ない理由を挙げたらキリがない。だけど、もし、そこに飛び込む自分を想像して少しでもワクワクしたらすすんでみようと思う。年齢も言い訳も抜きにして。ワクワクっていう音はどんな言葉よりも信じられる一番の本音だから。いつからがおばあちゃん？今ならこう言える。歳のせいにしたらおばあちゃん。

さあ人生百年時代。これから私の世界はどう広がるだろう。いくつになっても、熱意さえあればいくらでも。

もう六十？いいえ、まだ六十。

そう思って履歴書を見ると年齢の『６０』が『ＧＯ』に見えて、なぜだろう、胸が熱くなった。

第四章

エネルギッシュに前進してゆく

手にしているのはエレキです

客観と主観との間で揺れるオヤジ心。人生の残り時間、「エレキ」という楽器に手を出す行動力。簡単ぽよよん、ギターはボヨヨン。これでいつかは70年代の名曲を。と思いきや、頭の中は紅白歌合戦。コロナ禍転じて福となる。

九十歳の母は今も進化中

母のスケジュールは詰まっている。中でも月・木のサークルは、三十年以上続けている。父が亡くなり落ち込んでいた母を支えてくれたのもサークルの年齢差を越えた仲間。つながるためスマホに買い替え、スマホ教室へも通ってしまうほどの行動力溢れる九十歳。

趣味は突然湧いてでて

介助なしでは動けない母が、キラキラした顔で自分の趣味に娘を引っ張り込む。子どもの頃の話をノートにつづり、私は聞き取りと書き足しの作業に追われる。この趣味は私の趣味から湧き出たものだから不思議である。

言語がもたらす豊かさ

合唱音楽が好き。ドイツの合唱団の団員と文通したい。中学生の私は文通相手を求め英語でチャレンジ。ほどなく届いた手紙はドイツ語だった。一念発起、独学で学びながらの文通生活が始まる。そしてドイツ語は生涯の友となる。

手にしているのはエレキです

高橋　秀和

ついに還暦まで一年を切った。還暦といえば赤いちゃんちゃんこを着た花咲か爺さんみたいなイメージだ。日ごとに衰えていく体力、知力、記憶力。増えていくのはシミと皺ばかり。あとどのくらい元気でいられるのだろうかと、考えることも増えてきた。その一方で、いいのか悪いのか、精神は肉体の老成についていけず、まだ遊びたい盛りで、十代からほとんど成長していないような気もしている。欲だけはなかなか枯れないのだ。客観と主観との間で、揺れるオヤジ心。焦りに輪をかけるコロナ禍、お外では遊べない日々。そんな人生の残り時間の有効活用への焦りと、まだ遊びたいミーハー心が化学反応を起こしたのか、今さらながらにちょっかい出してみたのだ。楽器に。それもエレキギター。目指すはスポットライトを浴びてかき鳴らすホテルカリフォルニアなのだ。

思い起こせば中学時代、「モーリス持てばスーパースターも夢じゃない」なんて無責任な深夜のラジオCMにやられて、ミーハー思春期少年は小遣いをためてフォークギターを買ったのだった。教本を片手に我流でジャカジャカ、きっとこれで大モテ確定。でも現実はそんなに甘くはない。どうやらそもそも音痴だったのである。チューニングがよくわからないのである。当時は音叉を使うのが一般的だったが、ん～、合っているような違うような。理科の実験で使う電流計みたいなチューナーは高価で手が出ず、耳チューナーで調弦してみても、どうもずれている「らしい」のである。さらに「あるある」なFコード（バレーコードといって、人差し指1本で6本の弦を全部押さえるという無茶を要求する）で行き詰まり、団地住まいでは大きな音を出せるわけもなく、生来の飽き性もあって、わがギターはいつの間にか、やたら場所をとるインテリアと化していったのであった。結局モテる気配もなく45年が経過した（そういえばあのギターはどうしたんだっけ。）。

さて、コロナ禍で在宅時間が増える中、登録してみた音楽のサブスクリプション。実はカッコよさに憧れつつも、音楽のライブ映像なんてほとんど見たことがなかったのだが、月千円程度で洋邦、時代も関係なく、ライブ映像が見放題、聞き放題。となれば、まだまだ若いつもりの精神の休火山に、ミーハーマグマが蓄積されてくる。とにかくミュージシャンと言われる人たちがカッコよくて、昔挫折したとはいえ、自分でも楽器を演奏したいという今さらのリベンジ計画。さすれば選択肢は一択、一番目立つエレキしかない。

もとよりプロを目指すわけではないし、夢よもう一度というような大袈裟なものでもない。でも昔憧れた方角へ、自分の歩幅で、少しばかり歩いてみよう。ゴールを目指すというより、歩くこと自体や道の凸凹の感触、道端の風景なんかを楽しみながら、振り返りつつ前を向いて歩く、みたいな感覚だ。だってカッコよさそうだし楽しそうだし。文句あるか？ 音痴だけど。

そんな気負いで決心して、しかし出したお金はしょぼいのだ。ネットで調べてみると案外安く売っていてビックリである。もちろん上は青天井なのだが、エレキギターにアンプ、ケーブル、チューナー、ギタースタンドやらストラップ、スペアの弦、その他使い方のわからない小道具まで付いて、初心者セットと称して2万円くらいから売っている。

　でも値段ばかり見ていても、何をどう選べばいいのか皆目わからないので、迷える老羊は次に「ギターの選びかた」を検索。するといろんな御仁が異口同音に、「好きなアーティストが使っているものを！」と言っている。飽きないから、好きになるから、その気になるから、ということらしい。何じゃそれは？と思ったけれど、なるほど言われてみれば、続けるとかハマるって、案外そういうことなのかも。ナルシシズムとかコスプレみたいな感覚も大切なんだろうね。カッコつけたいという不埒な動機からすると、説得力ある理由付けではあった。こうなると気分は桑田佳祐である。もちろん彼が使うようなモノは高くて手が出ないのだが（なぜ高いのかは謎のままである。）。

　そんなこんなで、財布とサイトに相談して、ウン万円（一桁万円の前半）の初心者セットをクリック！　それからほどなく、愛機がやってきた。

　じゃーん、見よ、この艶、この色、サンバーストっていうらしい赤茶色のグラデーション。ミーハーな私はフェンダーのストラトキャスター（の一番安価なモデル）である、よく知らんけど。あんなに難しかったチューニングも、親指くらいのチューナーに、音の高低がデジタル表示されて一目瞭然。グリーンに光れば調弦OK。簡単ぽよよん、ギターはボヨヨン。ストラップを取り付けて首からぶら下げれば、目の前に浮かぶは日本武道館。

買ってきた入門書を拡げ、1ページ目から書いてあるとおりにやってみる。若い頃に比べれば、物覚えは悪くなったし、指先の反射神経に不安もあったものの、デジタル全盛の現代、教本には説明DVDがついているし、レッスン動画のリンクもある。YouTubeにも解説動画が山のようにあがっているし、ギター譜もパソコンで見られるのである。はじめは弦を動かして「びょいーん」と音を上げてみたり（チョーキングというらしい）、パワーコードとかいって低音をグワングワンいわせてみたり、エレキならではの練習をしてみる。これでいつかはホテルカリフォルニアじゃ！

ところが、である。エレキギターって、フォークギターみたいにコードを押さえてジャカジャカ弾くのもありなんだね、そんなイメージなかったんだけど。そしてフォークギターに比べてエレキギターのネックはずっと細いのである。昔難儀したFだのBだの、バレーコードが簡単に押さえられ、その結果、使えるコードの種類が増えて、いろんな曲の伴奏くらいは弾けることになる。ピアノで言えば和音で伴奏つけるみたいなものなのである。そうなると今度は口から勝手に歌が飛び出てくるのである。こりゃ楽しいぞ！

こんなのをしばらく続けていると、もうギターソロの速弾きで「ホテルカリフォルニア」でなくてもよくなってしまって、引き語りの世界にあっさりお引越し。我ながら変わり身が早いが、いつの間にかカッコつけより楽しさ優先になっている。

そう、松田聖子である。アリスである。キャンディーズである。ジュリーにキョンキョンに明菜に拓郎である。ユーミンである。サザンである。ついでに五木ひろしや八代亜紀も唸ったりする。まるでザ・ベストテン状態である（拓郎はザ・ベストテンには出なかったか？）。で、ギターを買うときは洋楽志向だったはずだが、引き語りとなると英語は苦手なので邦楽ばっかりである。イーグルスもいいが、歌うならこちらに軍配があがる。

こうして、がなり声と共に青春時代にフラッシュバック。毎日毎日ジャンジャカやっていると、次第に指先の皮も固くなり、指も滑らかに動くようになる。先週まで苦労していたコードが、今日はなぜかスムーズに押さえられたりする。この歳でも、進化するのである。六十の手習い、まだまだ伸び盛りだ。急に歌が上手くなったわけではないとは思うが、なんとなく音程もとれるようになってきた気がする。いや少しくらいは上手くなったに違いない。あくまで自己満足でやっているので、その辺は自分自身におおらかである。

ノスタルジーは青春のエネルギーを甦らせ、現在のストレスをスーッと抜いていく。頭も心も若返ったような気になるし、体調が良くなったように思えるから不思議だ。もちろん外見は変わらないのだが、服装も、近頃少し原色が増えたような（でも赤いちゃんちゃんこは嫌だ。）。

若かったころの流行歌もいいのだが、最近の曲を聞いて、知らなかった歌を知る。「ああ、これもいい曲だなあ」と新しい価値観に触れる。また元気をもらう。弾いて歌って若返り、正のスパイラル。結局、武道館のイーグルスどころか、自分でリクエストして自分で歌う「一人流し」というか、頭の中は紅白歌合戦状態なのだが、いかんせん、楽しいいし、楽しければそれでいいのだ。

ましてや、最近は音がずれていると、大学生の娘が、見るに見かねて、いや聞くに聞きかねて、「もっと上！」「もっと下だよ」などと一緒に歌ってくれたりもするのである。気分はサウンド・オブ・ミュージックで微笑むトラップ大佐だ。

そんなわけで、コロナ禍転じて福となり、ギターという新しい喜びを一つ手にしたと思う。でも巣籠り趣味として始めたようなギターなので、こり先の具体的なプランがあるわけではない。こんな感じで毎日ジャカジャカ自己満カラオケ状態が続くのかなとも思うが、この歳になれば今が楽しければいいだろう。そういうとなんだか刹那的だが、そんな難しいことを考えてはいけない。この新たな趣味が、今後も健康とストレス解消と幸せをもたらす核になっていけば、これからの人生さらに充実するというものだ。

そして最後に。こんなことを、こんな年齢になって始めた人も結構いるんじゃなかろうか。先日、近くの河川敷でおじさん（私もそうだが）がサックスの練習をしていた。あれは自宅では音を出せないよね、と思って見ていると、なんとドレミの練習中。初心者かい！と思うと、親近感ワクワクである。いつかどこかでセッションでもご一緒しませんかと、思わず心の中で呟いた。それまでお互い元気に頑張りましょうよ、ご同輩！

九十歳の母は今も進化中

伊藤　美智子

月曜日　卓球サークル
火曜日　デイサービス
水曜日　友達とランチ
木曜日　卓球サークル
金曜日　病院リハビリ
土曜日　息子と買い物
日曜日　自主トレーニング

これは九十歳でひとり暮らしをしている私の母の一週間のスケジュールです。
毎日予定が入っていますがこの他に「美容院」や「友達と旅行」「姉妹と温泉」「友人

とカラオケ」などが入る時もあります。

でも特に注目したいのは月曜日と木曜日の卓球サークルです。

退職してから始めた趣味の卓球はもう三十年以上続けています。

母は仕事を辞める時、これまで自分が家に居ないことで家族にずいぶんと不自由な思いをさせてしまったので、これからは家のことをしっかりやって自分自身も落ち着いた生活をしたいと思ったそうです。

お茶にお花、料理も勉強し直したいと教室に通い始め、習字、編み物、ヨガ、漢字検定にも熱心に取り組んでいました。

これまであまり気にしなかった家中の掃除を丁寧に行い、玄関には季節の生け花が飾られ、食卓には食べたことのない洋風料理が並びました。

努力家の母は十センチも厚みのある辞典でとても難しい漢字をルーペを手に勉強し、日本漢字検定試験では全国で上位に入り表彰されました。

しかし、母は元々活発な人で、山好きな父と共に「山の会」に入って毎週のように山歩きをしたり、山奥の温泉を巡る「秘湯の会」に参加してたくさんの仲間たちと楽しんでいました。学生時代には軟式テニスの選手だったそうで、私の硬式ラケットを振って軟式と硬式のボールの打ち方の違いを見せてくれたこともありました。

そんな母が家でじっとして勉強や得意でない家事ばかりで楽しいはずがないだろうと言いだしたのは父でした。

母は退職後にたくさんの習い事をしましたが、自分の性に合っていたのはやはり体を動かすことだったと言います。ある時、山ほどあったテキストや教材をあっさり処分してしまいました。

「いつ何があるか分からないから好きなことだけやろうと思ったの」と。

同年代の人たちと入会した卓球サークルでしたが、ひとり減りふたり減りして、今はいちばん年齢の近い人でも十歳も年下で、二十歳それよりももっと若い人たちと卓球を通して友達になったそうです。

私はずっとシニア向けの体力作りの教室だと思っていましたが、実際はそんな生易しいものではなく、ついこの間までサークルとは別の日にプライベートトレッスンを受けたり、試合で県外にまで行くほどかなり本気のサークルだったのです。

「私は早く八十五歳になりたいの」

母が言ったことがありました。

毎年、年齢別の試合に出場していたのですが、八十五歳以上のクラスになると出場人数も少なくあまり強い選手がいないので、そのクラスなら優勝できるかも知れないということでした。

「いつも銀メダルじゃいやなの」と笑っていました。

そんなパワフルな母に振り回されながらも週三回、体育館への送迎を喜んで引き受けていた父が約十年前に亡くなりました。

それまで買い物とおしゃれが大好きで八十歳を過ぎても超がつくほど元気だった母は父の死で精神的にかなり痛手を受けてしまいました。

ひとり暮らしになる寂しさ、自分自身の健康の不安、今後不自由になるであろう生活のことが心配で離れて暮らす私に毎日のように長い電話をかけてきました。あまりの落ち込みように、もしかするともう以前の元気な母には戻ることはないのかも知れないと私たち家族も悲しい気持ちになりました。

でも、その頃、卓球サークルの友達から母の元にたくさんメールが届き始めました。

「そろそろお元気になられましたか」

「サークルのみんなが待っていますよ」

「いつから来られますか」

「お迎えに行きますよ」

かなり年齢の違う仲間からのメールにどれだけはげまされたことでしょう。

同じ趣味を通して培った友情とは言い過ぎかも知れませんが、何歳になっても心の通う友達はできるのだとつくづく思いました。

サークル仲間と電話で話しただけでそれまでぼんやりしていた目が以前のように輝いてきました。

そしてあんなに落ち込みこのままだめになってしまうのではないかとさえ思った母がみるみる元気を取り戻していき、家族だけでは支えきれなかった部分を母が社会と繋がっていたおかげで救ってもらった気がしました。

ほどなくして母は髪を明るく染め、きれいにお化粧をし、スポーツウエアを新調し、また体育館に通い始めました。

サークルに行くことで気力と体力が戻り、念願の大会にも出場することができました。コロナ禍のためサークルが休会になっている間も体力が落ちない様に朝夕の散歩を欠かさず、今も六十代の私よりはるかに多く歩いています。

実は二年ほど前にある事件がありました。

「私スマホに替えたいの」

母が突然言い出しました。

母はこれまで普通の年配者向けの携帯電話を使っていました。通話もメールも写真だって送れるほど使いこなしていました。母の年齢でそこまでできる人は周りにひとりもいないし、これまでの携帯で十分だと思っていました。何よりも、毎日の様に高齢者が携帯電話を介した事件に巻き込まれるニュースを見て心配でなりませんでした。

「私はこの世に思い残すことがあるとしたらそれはスマホを使わなかったことと運転免許を取らなかったことだわ」とまで言い出しました。

なぜそこまで使いたいのか聞いてみると、卓球サークルのみんなと連絡を取り合う時に皆さんはグループラインを使っているのだそうです。なので自分も仲間に入りたいと。その上、動画も送ったりしたいし、調べものもしたいのだと。

「散歩していて知らない花があったらすぐに調べられるんだよ。すごいね」

なるほど。

でも、スマホを買ったら、

「やり方を教えて」

「画面が変になったけれどどうすればいい」

「どのボタンを押せば直るの」

などと四六時中連絡がくるのだろうと憂鬱になりました。

なぜなら私もよく分からないままスマホを使っているから説明ができないのです。

ある日、実家のこたつの上にピンクの可愛いスマホが置いてありました。

「これ見て」

渡された紙には「スマホ教室　基本コースのスケジュール」と書かれていて、教室に行くための「タクシー予約」など細かい書き込みがたくさんありました。

自分で決めて自分で買いに行き、教室まで申し込んできたという行動力に驚きました。

これでまた母の世界がさらに広がったことを感じました。

「私ね、今二次元コードに夢中なの。面白いね。あの四角のぐちゃぐちゃにいろんな情報が入っているんだよ」

あちらこちらでしゃがみ込んで二次元コードを調べている母の姿を思い浮かべたらおかしくなってしまいました。

今も散歩道の脇に咲いていたと草花の写真を送ってきたり、こんな素敵な洋服を買ったよと写真で教えてくれたりします。

父が生前大切にしていたアマリリスの花が咲いた時には嬉しくて花好きの友達に写真を送り、手入れの仕方を教わったそうです。

何度も通って使い方を教えてもらったスマホ教室のお姉さんともすっかり仲良くなったそうです。

コロナ禍が収まりつつあり、卓球サークルも再開しました。

九十歳、ひとり暮らしの母の世界はまだまだ進化中です。

趣味は突然湧いてでて

濵元　たまき

「出来たかい？」

「まだ。それより、これ、何のことなの」

三月に米寿を迎えた母に催促されて、パソコンを叩く私は正直疲れている。仕事に、家事に、母の介護と、ついでに自分のやりたいことがあるとくれば、時間に追われ生きる五十路の体力はぎりぎりだ。というのに、この老母は娘に鞭を打つ。何のことはない、自分の趣味に娘を引っ張り込むのだ。

一昨年の秋、母は突然小説なるものを書いてみたいと言い出した。それというのも、私が十年ほど前から趣味で書き始めた童話の感想を毎回求めていたら、それなら自分にも出来ると思ったのだそうだ。正直面白くない話である。「ちょっとお母さん、そんな簡単に文章が書けたら苦労しないのよ。それに、何の話を書くの？　自分じゃ字が書けないじゃないの」と言う私の反論はどこ吹く風。

「大丈夫、大丈夫だから、ちょっと書いてみるからさあ」

と、まるで少女みたいなキラキラした顔でのたまう。

この自信満々な母は、もう八年になるだろうか、交通事故の後遺症により、話すことは問題ないが、文字を書かせると形にならないのだ。天候の加減で頭痛がひどくなると、ぐったりとして寝てばかりになる。思考力も低下して、何だか別人の様で、親子ながら怖いと思うこともある。内心、馬鹿言ってんじゃないよと言いたいけれど、母のその笑顔がそれを止める。五十年以上の付き合いの私は、この顔が絶対に後には引かないサインだと知っているから。

どうとでもなれという気持ちで、近所の百均に赴き、『学習帳・こくご十マス』なるものを用意した。思うところはあれど、色々吟味して、書き易かろうと思うマスの大きさを選んだ訳だが、母は想像以上に喜んでくれた。表紙の犬が可愛いと…。

筆圧の弱い母にフェルトペンをと用意したが、母が選んだのは、私が十年以上前にディズニーランドのお土産でもらった、緑色のグーフィーのボールペンだった。またしても犬なのかと思いながら、どんなことを書くつもりか聞くと、

「それがさぁ、お前の話を聞いていたら、お母さんの子どもの頃の話を書いてみたら、面白いんじゃないかと思ったんだよねぇ」

と、また悪戯を考えついた小僧みたいに、いい顔で答える。増々癪に障る。

ただ、介助なしでは動けない母が、久しぶりに積極的に行動したがることが、私の心を小さく揺すぶったのは間違いなかった。それに、時折ぼんやりしてしまう母にとって、幼少期を思い出すことは、リハビリ同様良い影響があるのではという思いも生まれた。だから、口から出てきたのは「お母さん、頑張ってみなよ」という言葉だった。

翌日、仕事から帰ると、母はいつもと比べてしっかりした様子で、

「ちょっと書いてみたから、どうかと思って。読んでみて」

と、例のノートを差し出してきた。

何だろうと期待して広げた一ページ目には、ひらがなで何やら書いてある。そう、何やらが書いてある。かろうじて『いちねんせい』『おべんとう』という言葉が拾えたので、

聞いてみると、小学一年生の思い出を綴ったのだそうだ。

さて、ここからが本題。会話をしながら、おぼつかないひらがなを追いかける作業が始まる。聞き取りと書き足しの作業だ。突如書いていないことを思いつけば足す。文字が抜けて虫食いになった文章の意味を解明しては足す。時には良く分からないと訴えてみれば、なぜ分からないかと残念そうな目で見られ、ストレスが増す。とにかく、たった一ページを解読するのに、夕食の支度が遅れるほどの時間を費やしてしまう。そんな母親思いの娘を労うでもなく、母はもう疲れたと横になると、あのいい顔で、

「ねえちゃん、ぱぱっと文を打っておいてよ。お願いするよ」

と、のたまうのだった。

その日から、母は頭の調子が良い時は、思い出したことを、解読を要するひらがなでしたためる様になった。そのうち、場所や人の名前が思い出せない時には、郷里の弟や妹まで巻き込む始末。「叔父さんや叔母さんに、そんなことで電話したの。迷惑かけちゃダメだよ。しっかりしてよ」と苦言を呈せば、

「しっかりしてるって。あのね、いいんだよ」

と口答え。まるで親子逆転である。挙句、

「二人ともどんどん書けって言ったよ。応援するってさ。出来たら見せて欲しいって。だから、早く完成させてよ」

　母は分かっていない。あの大量のひらがな文を漢字交じりの文に変換してしまえば、思う程の量にはならないことを。さらに、母は繰り返しが多い。同じことを何度も書いていることもある。それでは、一向に話は進んでいかないことも。

　でも、私にはわかっている。母の頭の中には、膨大な量の母のそれまでの人生か詰まっていることを。だから、母が私に面白おかしく聞かせてくれた、子どもの頃の話を思い出しては、あれを書いてはどうかとお尻を叩く。教訓として語った母の苦労話などは、こんなノートに収まるようなものではないはずだった。

　そのうちに私は母に、話を脚色してみればと持ち掛けた。朝の連続ドラマの様に読者が、続きが気になる話にすればと提案したのだが、母はひどく面白くなさそうな顔をして、

「でもさぁ、嘘はいけないと思うよ」

と、まるで小さい子どもが言う様に一言。小説は作り話でいいのだからと、私はなぜか母を説得していた。それでも、何か腑に落ちないように、母は首を縦に振らなかった。ところがだ、何日か後に見せてくれた話は、今まで聞いたこともない出来事だった。「へえ、こんなことあったの？」と驚く私に驚くべきことに母は、「本当はちょっと違うけど、この方がいい話かなと思って書いてみたよ。どう？」と、のたまう。確かに真実よりは面白味があり、ほんの少し母を見直しながら、ちゃっかりしたその性格に呆れた。それにしても、母は進化している様に感じるのは気のせいだろうか。

実は、こうして活き活きとした母を見るようになったのは、母が執筆に目覚めてからである。事故による体調不良に加え、母は介護を受けなければならない負い目を家族に感じるようになっていた。「ごめんな」・「悪いなあ」・「苦労掛けちゃうなあ」は母の口癖になっていた。一方の私は「そんなことないから」と言いながら、母の思いを感じつつも、どうすることもできないでいた。親に謝られることが、こんなに悲しいとは思わなかったし、自分独りで出来ないことを嘆く母の心の傷を回復する方法も分からず、母の寝顔を見ながら溜息をつく夜もあった。家族は皆傷ついていた。だから、こうして母が自分で出来ることに出会えたことは、家族にとっても幸運といえる。

しかし、最近はこうやって母に執筆を促すことで、自分の首が閉まっていくことに恐怖を感じるようになったのも事実。母が文章を書けば、私はそれを解読して、聞き取りをして、足りないところを補って、ワープロ文章に起こす。つまりは、母のこの趣味に付き合えば、私は自分自身の趣味がご無沙汰になってしまうのだ。

それなのに、私は母の文章をどうすれば分かり易く表現できるかとか、もう少し具体的に思い出せることはないのかとか、そんなことばかり考えるようになっている。

「あのねえ、変なことを聞くねえ」

と、出来の悪い子に説明する様に、偉そうに私の質問に答える母は、正直鼻につく時もあるが、元気を無くした母が、自分に自信を持ち、嬉々としてひらがなながらも自分のことを綴り続ける様になったことが、嬉しくてたまらない。だから、私は、母の背を押してしまうのだ。

八十年を越えて生きる母が抱える物語の元ネタは膨大だ。今はまだ、二冊の犬が手元にあるだけだ。これが何冊に増えていくのかは、母の体調次第である。母が生きている限り、私はその趣味に付き合い続ける覚悟であるが、この母の趣味は私の趣味になることはない。これは私の数少ない親孝行のうちの一つだから。

でも、母の趣味は、間違いなく私の趣味から湧いてでてきたのだから不思議である。

言語がもたらす豊かさ

松原　英子

　まだドイツが東西に分かれていた一九八〇年代中頃、私はヨーロッパに憧憬の念を抱く夢多き中学生であった。もともとの合唱音楽好きが高じ、合唱団員と文通してみたい、せっかくならば敬愛するバッハが音楽監督を務めたライプツィヒ聖トーマス教会合唱団の団員と文通したい。そう願った私は、早速習いたての英語で、合唱団に文通相手希望の手紙を書いた。

　ほどなくして返事が届いた。今にも破れそうなザラザラした手触りの封筒にまず私は驚いた。学校で使っている藁半紙だってこんなに粗い目ではない。封を切ると、これまたペラペラの、向こうが透けて見えそうな便箋に、びっしりと青いインクの文字が連ねられていた。なるほど、東独の学生は万年筆を日常的に用いるのか、やはりヨーロッパはお洒落だな。どれどれ、記念すべき第一信にはなんて書いてあるのだろう、そして誰が書いてくれたのだろう。

次の瞬間、私の短い悲鳴が青いインクの文字を揺らした。なんと、そこに書かれているのはドイツ語であった。購入したはよいものの、すっかり部屋の飾りと化していた独和辞典がやっと出番が来たとばかりに胸を張っている。小一時間かけて手紙の冒頭部分を訳してみると、「君は英語で手紙をくれたけど、僕達は学校でロシア語とラテン語しか習わないので、差し当たりドイツ語でお返事を書きますね」とのことだった。いつかはドイツ語を学んでみたいと思ってはいたものの、なかなか手付かずであった私は焦った。これぞ背水の陣。ドイツ語を学ばないと、大好きな合唱団の団員と文通できない。これはまずい。そして私は一念発起、某ラジオ局のドイツ語講座を毎日録音して学習しつつ、合唱団員と文通する生活が始まった。文通相手は十五歳。九歳で合唱団に入ってからずっと寮生活を続け、昨年の変声期を経て少年部から男声部にパートが変わったと手紙には書かれていた。

何通目の手紙だったであろうか、文中に、「!」が何個も続くフレーズがあり、どんなニュースだろうと思って見てみると……

「来年、日本に演奏旅行に行くよ！！！」

えーっ！と叫び声をあげる私。どうしよう。文通相手に会える喜びよりも、会った時にドイツ語を話せるのかという不安が心に満ち溢れた。今までは辞書片手に書ければよかったが、話す力までも求められるとは。講座に向ける耳と神経がピリピリする毎日が続いた。

かくしてその日はやってきた。文通相手が待つホールの楽屋口。プレゼントのレコードを抱えて現れた彼を前に私はしどろもどろ。しかし継続は力なり。日々の努力は裏切ることなく、なんとか会話を成立させることができ、自分のドイツ語の拙さを詫びるとともに、実際に会えた喜びを自身の言葉で伝えられたあの時の満足感は今尚新鮮である。

彼が合唱団を卒業して大学に入り、私が高校に入学した頃から文通が途絶え始め、東西ドイツが統一された頃にはもう彼の住所すら分からなくなってしまっていた。時折あのガサガサな藁半紙風の便箋と所々インクが固まって滲んだ青い文字を懐かしく思い出すことはあったが、彼との文通は私をドイツ語の世界の入り口へ引っ張っていってくれた尊き契機として、永らく私の中で想い出として留まっていた。

その滞留した想い出に動きを与えてくれたのがコロナ禍である。たまたま、パソコンの前で検索窓に打ち込む対象を決めかねていた私は、中学生時代に文通していた彼の名前を気まぐれに入力してみた。すると、出てくるわ出てくるわ、言語療法士として活躍する彼の名前や写真が画面いっぱいに表示された。日本で会った時の面影もしっかり残っている。その顔を見て、中学生時代の自分が時代を超えてしゃしゃり出てきた。彼との文通が消滅してしまってからも独学でドイツ語の勉強を続け、ドイツ語圏のあちこちを単独で旅しては現地の合唱団員やその家族との交流を持ってきたのだ。その礎を作ってくれたのが彼なのだから、ここはまず何をおいても彼にあらためてお礼を述べるべきである。即刻、私はメール作成画面を開いた。便箋も封筒も用意する必要がないなんて、本当に楽な時代になったものだ。

数時間経過後、すぐに彼から返事が来た。文通時代ならば十日間かかっていたやり取りが一日にして完了する。いやはや、便利ながらも恐ろしい時代である。

「もちろん憶えているよ！　信じられないほどドイツ語が上手になっているね！」

この第一声に始まり、大学卒業後すぐに旧西ドイツ側に渡ったこと、今でも合唱を趣味としていること、日本での演奏旅行は非常に刺激的だったこと等々、長い長いメールにしたためられていた。私もこれまでの三十五年間の空白を埋めるがごとく、自身に起きたことを報告しながら、ドイツで訪れた都市の感想などを綴った。

メールを書きながら私は気づいてしまった。自分のドイツ語力が落ちていることに。毎年ドイツを訪問していたコロナ禍前は、単語がするすると出てきていたのに、今はワンクッション置かないと文章が書けない。せっかく積み上げてきたものが気づかぬうちにポロポロと崩れてゆく恐怖を感じた私は、その日からドイツ語のニュースサイトを見、Facebookではドイツの新聞アカウントをフォローし、日常でもドイツ語を使うことを意識して、職場での自分用メモや日々の買い物リストなどをドイツ語で書くようにした。

そんな生活が二年続いた頃、大学入学共通テストのドイツ語問題を試しに解いてみた。面白いほど内容が入ってくる。テストというのはこうも楽しいものなのか、と心躍らせながら解答し、採点した結果、前置詞問題ひとつを除き全て正解、二百点満点中、百九十七点であった。これが私に更に火を点けた。今までドイツ語を教育機関で学んだことがなく、常に独学だった私に芽生えたのは、「ドイツ語を学校でしっかり勉強してみたい」という強い希望であった。人生百年時代、これから何を始めても遅すぎるということはない。大学入学に限らず、社会人のための語学クラスや市民講座など、選択肢は沢山ある。自分の興味関心の向く対象に、時間とお金を使ってこその人生だ。

どの言語でもいえることだろうが、その土地で使われる言葉は民族性や暮らしを色濃く反映している。例えばドイツ語の場合は、再帰動詞というものを使う場面が実に多い。一例を挙げると「私は嬉しい」。一人称なのにもう一人の自分を内に見て、「私は私を喜ばせる（Ich freue mich）」と言う。心理学が早くから発展し、大きな功績を生んでいることに、この「再帰動詞」が無関係であるとは思えない。また、単語レベルであっても、「手袋」ひとつとってもその土地の状況が分かる。「手袋」はドイツ語で「Handschuhe（手靴）」。冬は日本よりずっと寒いドイツでは、頑強な素材であるものを手にも〝履かせ〟ないといけないというイメージが広がる。（北海道方言とされる「手袋を履く」は、この理論でいけば方言ではなく正当な使用法であろう。）このように、言語を学ぶことは当該地域の土壌や歴史を覗くことに通ずる。ここに言語の醍醐味がある。

醍醐味はひと味に留まらない。他言語による知識は日常的な情報量を増やしてくれる。例えば、ドイツでテロが起きたニュースを現地キャスターが報じるテレビ画面にて、キャスターの後ろに映る小学校校門に掲げられた「geschlossen（閉鎖）」の小さな看板を見つけた時、「ああ、今日は臨時休校なのだな」と理解している自分がいる。キャスターが一言も語らずとも、背後の学校についての情報が目を通して自然に入ってくるのだ。

そして、他言語を学ぶことは自国を外側から見ることにも繋がる。今でも鮮烈に想起されるのが、オーストリア南部にある人口わずか千人の街を訪れた二十歳の夏のエピソードである。村おこしの合唱祭を聴くため、当時ウィーンに留学中だった友人と現地で落ち合い、村にあるたったひとつの小さなバス停で他愛もない話をしていた。彼女も私も久々に日本語を口にしたゆえ、雑談には花が咲いた。同じくバスを待つご婦人方数人が、我々の会話を聞いて放った言葉を自分の耳が捕えた時、猛烈な感動が私を襲った。「schöne Sprache（きれいな言語ね）」。ご婦人方は決して我々に向けて称賛の意味でその言葉を口にしたのではない。仲間に向けて「どの国の言葉か判らないけれど美しい言語だね」と評したのだ。日本語を母国語とする身として単純に嬉しかったし、こう思えたのもドイツ語が解ったからであったと思うと、言語の魅力と貴重さに感じ入らざるを得ない。

先述のとおり、私はこれからドイツ語の世界の深奥を探ってゆきたい。今、そう思えることの有難さにもまた考えを巡らせている。自分の学びたいことを自由に学べることは、決してあたりまえのことではない。三十五年前の東独時代の文通相手も、ラジオから微かに漏れ聞こえてくる西側の英語放送に興味を持っていたが、それを学ぶことは許されなかった。逆の例もある。七年前に貿易の仕事で中国の新疆ウイグル自治区へ行き、ムスリムの人々と一週間生活を共にしたのだが、彼らはウイグル語を話せるエリアを制限され、大人にも中国語習得義務が課されていた。

自国の言葉を自由に用い、それを使って自由な表現ができ、且つ、他国の言語を堂々と学べる環境が、いかに貴重なものであるかが自ずと見えてくる。自身に許されたこの豊かな環境を思いきり享受し、ドイツ語を生涯の友としてゆきたい。

終章　趣味がくれた幸せな学び

趣味がくれた幸せな学び

フリージャーナリスト　多賀　幹子

私は論文審査員としてまだ新米で、選考に臨んだのは今回が二度目に過ぎない。本コンクールは、今年で四五回という長い歴史を積み重ねてきた。選考にあたっては、七名の審査員が読み込んで絞っていくのだが、論文が収められた大きな封筒が自宅に届いたときには、責任の重さに身の引き締まる思いをした。一方で、どのような作品と出合えるだろうかとワクワクした。

今回は「趣味」がテーマで、それに「広げる世界・広がる世界」という幅を持たせた。「趣味」といえば、音楽やスポーツなどがまず思い浮かぶが、読み進めると想像をはるかに越えている。楽器演奏といっても、ピアノ、バイオリンにとどまらず、尺八やオカリナにエレキ、二胡と並ぶ。スポーツでいえば、卓球やジョギングに、太極拳やけん玉も含まれていた。日本人の長所として挙げられるものの一つに、勉強好きがある。作品の中には、通信教育を受けたり、英語やドイツ語の学習に没頭したりする例も少なくなかった。語学の中にエスペラントが見当たらなかったのは、やはり時代なのだろうか。一九世紀ポーランドのザメンホフが国際（補助）語として人工的にこしらえたエスペラントは、当初は注目を浴びた。現在はウィキペディアによると話者数は世界の語学のなかで一〇〇位以下だ。想像以上に英語が世界を席巻しているのだろう。

手話を学ばれている方が人助けを行った。娘を助けてくれたとして親御さんから泣いて喜ばれたとある。私も胸が熱くなった。外国人に日本語を教える方も、手ごたえを感じておられる。人に役立ち感謝される趣味は、やりがいにあふれる。

また、子どもに〝本物〟を食べさせたいと家庭菜園からスタートして、次はジビエにはまり、猟銃をあやつって野山に入りいのししなどをしとめ、さばく方がいた。やがて地域の猟友会に所属、婦人部のトップに就いた。私は腰を抜かしそうになった。ここまで突き進む迫力には圧倒される。

女子高校生の手になるギャル仮装の経験が青春小説を感じさせて躍動感があるのは、

作者が常に物事を客観的に見る目を失っていないからだろう。さらにラジオ番組に投稿すると送られる記念品収集もあった。続けているうちに、段ボール箱がいっぱいになったという。ゴブラン織りの魅力に取りつかれて、探して歩く方は家族の協力を得ている。幸せなことだと思う。ほかにも将棋や俳句など、ないものはない。母親の趣味を助ける娘や、妻の趣味を見守る夫など、家族愛も伝わってくる。

趣味の多彩さには感動を覚えたが、さらに、茶道、香道、フラメンコ、古文書、映画鑑賞、執筆などもあった。入り口の幅広さ、奥行きの深さには敬服する。趣味が気付きを与え、自分を磨き、周囲との良好な関係をはぐくんでいる。

日本人の寿命が長くなり「人生一〇〇年時代」と言われる。特に定年後の日々には趣味が欠かせなくなった。単に趣味というよりも、自分を支えるりっぱな生きがいである。「二毛作の時代」ともいわれ、現役時代から趣味を準備しておくようにと呼びかける声も高い。定年を迎えた日に突然、趣味を探しても簡単には見つからない。楽器演奏やスポーツ、絵手紙など、なんでもまずは取り組んでおくことが肝心なのだろう。

趣味は学校の勉強とは違って偏差値が示されるわけではない。役に立たないからやめた方がいいと批判されても、聞く耳を持たなければよいだけだ。趣味のありがたさは、その自由さにある。人から何と言われようと、好きなことをすればよいのだ。同好の士が見つかれば幸せだし、自分だけが浸るのもそれはそれで充実している。日本人はなんでも「道を究める」たちで、趣味でスタートしても、納得のいくまで突き詰めていく方が多いのも頼もしい。趣味は、自分に合うものを選ぶ目、忍耐力、周囲の理解など、続けていくにはある程度の条件が必要だ。それぞれが工夫して継続してほしい。そして、できれば多くの人と共有してほしいと願う。

さて、話を審査に戻すと、審査員は作品の中から優秀作を選ぶ。これが思ったより難しい。耳塚寛明審査委員長の司会進行のもと、審査員は、ほかの審査員の方々と作品ごとに論議する。丁々発止のやりとりが繰り広げられる。皆さんはそれぞれご自分の専門分野を持つすばらしい方ばかりだが、こと審査に関しては互いに遠慮がない。推すと決めた論文はあくまで推し続ける。推した作品をほかの審査員から批判されるとムッとしておられるだろうが、顔色一つ変えない。批判はきまって建設的で、あくまで笑顔が絶えない大人の審査会なのだ。評価結果はいつも僅差で、同じ点数になった作品もある。したがって今回は残念な結果になったとしても、くじける必要は全くない。ただの運と捉えて、来年の挑戦に備えてほしい。

それなら、私の趣味は何かと言えば、そのお粗末さに恥じ入るばかりだ。子どもの時は、親があれこれ習い事に行かせた。これらをうまく育てていけば、趣味として実ったかもしれない。山形市に住んでいた時は、家の隣が日本舞踊教室だったので、親が「近いのがいい」と選んだ。小学一年生のころで、扇子を開いたり閉じたりして遊んだくらいの記憶しかない。視線の向け方や手の動きなどが大切で、「面白いものだなあ」と感心して終わった。

山形市から引っ越した福島市では、バレエに行った。チュチュと呼ばれるコスチュームにあこがれたのだ。バレエは当時の女子向け雑誌で取り上げられることが増えた。小学三、四年生くらいだった。「アン、ドゥ、トワ」の先生の声に合わせて手足を動かす。「基本練習こそすべて」と言い聞かされても、すぐに飽きてしまい、舞台に立つことは結局なかった。情けないことだ。

ほかにも、絵画、ピアノなどに通ったが、いずれもものにならなかった。父親の転勤で、山形、福島、広島と転々としたから、習い事が続かない私には引っ越しはよい口実でもあった。


現在の子どもたちの習い事と言えば、アンケート調査などによると上位三つは水泳、英語、公文だそうだ。水泳と自転車はいったんできるようになれば、一生もんだからと親の希望も強い。学校の勉強が本格的になる前に泳げるようになっておくのが、今の子どもたちの使命である。私の子どものころ水泳教室は見当たらなかった。プール施設がまだなく（東京にはあったのかもしれないが）、水泳とは縁がなかった。広島市で迎えた中学一年夏休みの臨海教室は山口県光市で行われた。瀬戸内海に放り投げられて初めて泳ぎを知った。

突然、日本人が英語熱に浮かされたきっかけは、東京オリンピックではないかと思う。一九六四年初めて日本で開催されたオリンピックは、大きなインパクトを与えた。世界中から外国人がやってくるとしきりに言われた。もし町中で外国人に英語で道を聞かれたら何と答えるか、日本人は真剣に悩んだものだ。その時に出版された英会話の本がベストセラーになったりした。ＮＨＫのラジオ英会話番組も人気を集めた。日本中が英語ブームに沸き立ったのだ。

最近の親は「将来、子どもが英語が話せないと困る」と思いつめている。自分ができないから、子どもには苦労させたくないという。自宅近くには学童保育所があるが、外国人の先生がいるのが売りだ。放課後は子どもが本物の英語に触れることができる。特に発音は最初が大事で、最初に聞いたり話したりした発音は一生続くという。

英語を使用する幼稚園も近くにある。園児たちはスコットランドのキルト風のユニフォームを着ている。園児が帰るときにすれ違うことがあるが、英語ではなく日本語で話している。幼稚園の中では、英語でやり取りをしているのだろうか。

日本ほど、英語学習にお金を使う国はあまりないそうで、英語ブームは途切れず続いている。大人になっても、英会話教室に通う人は少なくない。ＮＨＫの英会話に関する番組も長く続く。担当者に取材したことがあるが、テキストは四月には猛烈な売れ行きだが、五月、六月と進んでいくにつれ目に見えて落ちていくそうだ。語学だけではないが、物事を継続させるのがいかに難しいかがよくわかる。

かつて子ども二人を連れて夫の転勤先ニューヨークに住んだことがある。子どもは日本で英語教室に通わせていなかった。長女を現地の幼稚園に連れていくと、担任から、まず「トイレに行きたい」という英語を子どもに教えてください、と言われた。アメリカの幼稚園ではいっせいの休憩時間がなく、トイレに行きたくなれば子どもはその都度、手を挙げて自己申告する。先生に許可をもらうと教室から出てトイレに行く。この英語を知らないと、おもらししてしまうことさえあるらしい。先生からはまた、「色の英語を教えておいてください」と言われた。子どもが赤い色を「ＲＥＤ」と青い色を「ＢＬＵＥ」と知らないと、授業などで立ち往生することがあるそうだ。「色は説明できませんからね」と先生は穏やかに笑った。

また、小学生の長男は現地の公立小学校に通うことになった。担任が「ヘルパー」と呼ばれる日本人生徒をつけてくれた。長くアメリカに住み英語ができる子どもが転校してきた長男に付き添ってくれるという。ありがたいと思った。それなら安心だ。

しかし、まもなく長男は「学校に行きたくない」と言い出した。これはきっとアメリカ人から英語が話せないのでからかわれたり、いじめられたりしたのだと思った。しかし、驚いたことに日本人児童からのいじめが原因だった。ヘルパーに指名された男子児童が英語について長男にうそを教えるのである。例えば「次は音楽の時間だから音楽室に行くんだよ」と言われた長男が音楽室に行くと、誰もいない。おかしいなと思いながら教室に戻ると、ヘルパーの男子は「引っ掛かった」とはやし立てた。そうしたことが重なって、長男は学校に行きたくないと言い出したのだ。

後から知ったのだが、アメリカにおける日本人児童のこの手のいじめは珍しいことではないらしい。滞在が長い子どもが転入してきた子どもを助けるどころか、バカにしたり、惨めな思いをさせたりする。なぜそのようなことをするのだろうか。それは、転校生が英語がわからずおどおどして不安そうにする姿に自分の過去を見て、その時の悔しさや怒りを転校生にぶつけるのだ。先生は、ほかの国の子どもには同胞を助ける意識があり、こうしたいじめはまず見られない、と話した。

　私が担任に長男について話すと、すぐにヘルパーを交代させた。代わりに日本人女子生徒がヘルパーになった。その子は親切で、長男をからかったり笑ったりはしなかった。ほっとしたのもつかの間、先生から交代させられた男児は仕返しに出た。長男といっさい口をきいてはいけないと、教室内の日本人児童に命令を出したのだ。当時、日本人家族は固まって住む傾向があり、現地校には日本人生徒がクラスの三分の一ほども占めていた。ヘルパーの女子も含め、長男には誰も口をきかなくなり、長男は再び孤立した。

　その様子を見ていたのだろう、同じクラスのアメリカ人男子生徒グラム君が声をかけてきた。長男のそばにピタリとついて、あれこれと世話を焼くようになった。ランチの時も音楽室でも一緒に行動した。日本人生徒は長男のそばにアメリカ人男子生徒がついているのを見ると、長男に口も手も出さなくなった。

　長男はグラム君のそばを片時も離れなかった。彼の自宅に連れて行ってもらった時は、「大きなピアノがあったよ」と報告した。彼もうちのアパートに遊びに来た。長男と彼はゲームをして楽しそうだった。グラム君は礼儀正しく、しっかりとあいさつをした。彼といつも話したせいか、長男はしばらくすると、英語が少しずつわかるようになっていった。

日本人の子どもが新参者いじめをするのは、大人の世界にそうしたいじめがあるからともいわれた。子どもたちは、大人の世界を反映しているだけなのだ。かつていじめられた人は、新しく来た人にリベンジするのだろうか。

いまはもう、こうしたことは無くなったと信じる。学生時代に海外留学や旅行の経験を持つ人が増えてきており、アメリカなどで英語が全く話せなくて途方に暮れることはまずないのではないか。長男のころと比べ、状態がはるかに改善していると信じている。

英語の話しが長くなったが、子どもの習い事の三つめは公文式学習だ。公文 公という高校の数学教師が、自分の子どものために算数の問題を手作り、答えを採点して満点を取ると次のステップに進む。順を追って無理なく着実に前進する仕組みだ。今では算数・数学、国語、英語と範囲を広げ、「学習習慣が身についた」「時間の使い方がうまくなった」など親からの評価も高い。公文は、日本で少子化が叫ばれる前から、世界に進出。今では50を超す国と地域に広がっている。私はイギリス、アメリカ、香港、シンガポールの公文式教室を取材したが、教材の確かさと指導者の熱意が相まって、成功しているようだ。

水泳、英語、公文と子どもの三大お稽古事を上げたが、これもまた時代と共に変化していくのだろう。我が家の近くのショッピングセンター内では、天気が悪くても体を動かせるとして体操教室が人気で、私には耳新しいプログラミング教室なども見られる。ダンス教室もオープン、幼児から成人まで取り組んでいる。

話しがすっかりそれてしまったが、子どもの頃のお稽古事が趣味につながらなかった私は、大学時代にクラブとしてＥＳＳと文楽研究会に入った。ＥＳＳはディスカッションなどを開催してそれなりに面白かった。大学の卒業論文を担当してくださった教授から大学院に進むように声をかけられた。大変にありがたいことなのに、罰当たりな私は企業に勤務して広報誌の編集長を務めた。企画を立て、取材に全国を出張、記事を書いて校正して発行、を毎月繰り返したが、わずか二年後に大学時代に婚約したボーイフレンドと結婚した。結婚式に大学のクラスメートを招待したが、皆さんはとっくに結婚していて妊娠中の方が多かったことを思い出す。高校などの先生になられた方は勤務を続けていたが、一般企業に勤めた数少ない級友で定年まで勤めたケースは一件もない。そのような時代だった。

話しを戻すと、ニューヨークに転勤前はライターとして雑誌に書く仕事をしていた。しかし、すべてのキャリアが失われることになる。すると仕事で関係があった学年別学習雑誌の編集者から、現地の小学校と幼稚園に通う子どもの様子を連載してほしいという依頼が入った。

アメリカの教育は日本とはかなり違う。日本では「落ち着きがない」と叱られていた長男が、アメリカの先生からは「元気で活発だ」と褒めてもらった。先生は子どもの良いところを常に見つけては言葉に出す。先生と父母がファーストネームで呼び合う距離の近さ、ファッションショーを催すＰＴＡ活動の楽しさ、父親が参加する個人面接、子どもを預かり合うママ友の絆、何もかもが日本と異なる。ダイナミックなアメリカの学校に魅了された。アメリカにいた五年間で教育を中心に五冊の本を書いた。幼稚園では先生は「あなたがアメリカ大統領になったら、何をしますか」と問いかけ、「ショー・

アンド・テル（show and tell）」では園児に教室の前に立ってプレゼンをさせた。「青い目と茶色の目」というアンチ・人種差別のプログラムも経験した。白い粉を見ると自動的に背中を向ける麻薬撲滅の「ジャスト・セイ・ノー」運動では、園児がそろって体育館で体をひねる練習をした。社会の深刻な問題に幼稚園児が正面から取り組む授業に目を見張った。

日本に帰って、長女が中学受験のために毎週塾に通い始めた。アメリカの教育が大好きだった娘は「日本の勉強は暗記ばっかり」と不満を漏らした。親子ともども苦しんだ日々は、『中学合格はママにあり』となった。

やがてロンドン転勤が決まると、一番喜んだのは長女だった。私は、アメリカに五年暮らしたのだから、イギリスも似たようなものだろうと高をくくっていたが、全く違う。英語からして、発音も単語も異なる。例えばパブリック（public）校はアメリカでは現地の公立学校を意味した。授業料も通学バス代も無料で制服もない。あらゆる人種の生徒が集まっていて、それだけに問題も多いが、考えさせ、それを自分の意見として発表させる授業内容だった。

イギリスでパブリック校と言えば、イートン校やハロー校などの私立学校を指す。イートン校はウィリアム皇太子やヘンリー王子の母校だ。学費は、寄宿代などを含めて年間に一千万円以上かかる。

英語の違いと共に、強烈な印象を受けたのが英王室だった。イギリスでは、定期的にロイヤルの人気投票結果を発表する。当時、エリザベス女王は常に八〇％を下ることがなかった。二位はウィリアム皇太子で七〇％ほど、キャサリン皇太子妃もすぐ後を追う。チャールズ国王は六〇％ほどで、カミラ王妃は二〇％と低迷した。ロイヤルは国民にランク付けされる存在だった。心底、驚いた。

私が暮らしていた時にダイアナ妃がパリで交通事故死した。すると、人種、年齢、性別にかかわりなく、人々は花束を胸に抱いてケンジントン宮殿に向かった。花束はみるみるうちに増えて「花の海」と称されるまでになった。その場に膝を折って泣き崩れる人々の姿も見られた。

女王は、ダイアナ妃は離婚しているから、実家のスペンサー家が葬儀を行うべきと思っていた。しかし、国民の悲しみは大きく、それはダイアナ妃を守れなかった王室への怒りに変わった。女王は国民の気持ちに添うべきと判断、バッキンガム宮殿の上に半旗を掲げ、スペンサー家の葬儀どころかウエストミンスター寺院での準国葬に格上げした。ダイアナ妃を追悼する演説をテレビで流した。国民は、女王は自分たちの気持ちを理解したと受け入れたのだ。女王の適切な対応で王室の危機を何とか乗り越えた。

王室はイギリス人のアイデンティティーで、もう一つの家族のような存在だ。王室はしばしばパロディやジョークの種になるが、王室の人たちは目くじらを立てるわけでもなく、笑って見ているそうだ。

私は英王室の魅力に取りつかれ、王室の取材を続けた。アメリカ人であるメーガン・マークルがヘンリー王子と結婚。王室の慣習やルールになじめない彼女は王子を伴って王室離脱してアメリカへ渡り、故郷カリフォルニア州に住まいを定めた。その後はインタビュー、ドキュメンタリー番組、暴露本などで次々に王室を批判、それで莫大な報酬を得た。

昨年女王が亡くなり、チャールズ国王とカミラ王妃の時代が始まった。七五歳の新国王は、敬愛を一身に集めた母親と人気者の長男のつなぎ役にはなりたくないだろう。短期決戦型で進むに違いない。王室ドラマは親子、夫婦、兄弟の愛憎模様がきわめて人間臭い。チャールズ国王が図らずも漏らした通り「まるでシェークスピアの戯曲のようだ」と思った。

特にエリザベス女王の人柄に魅かれた。在位七〇年という英王室最長記録を打ち立て、イギリスばかりでなく世界中の人から敬愛された。君主としての経験から「リーダー論」を国連演説するかと思うと、巧みなユーモアで人々を笑わせ和ませた。女王ほど言葉の力を信じた人はいない。女王の名言と色鮮やかなファッションをまとめて、この春『英国女王が伝授する七〇歳からの品格』（KADOKAWA）を出版した。数多くの女王の言葉は、彼女の器量の大きさや懐の深さを示し、多くの人に感動を与えた。その一端でも紹介ができて心から嬉しく思った。

好奇心から趣味として始めた英王室ウオッチが、いつのまにか生きがいになった。おかげでイギリスを、人間の面白さを、学ぶことにつながった。女王の名言から人生哲学に触れ、私自身が成長した。私を育ててくれた英王室を今後も追っていきたい。

入賞論文執筆者一覧

〈掲載順〉

境井絵里香（さかい　えりか）31歳　山口県　めでたい気の満ちる部屋で

関本康人（せきもと　やすひと）36歳　神奈川県　思い出した夢

溝部名緒子（みぞべ　なおこ）46歳　和歌山県　趣味の角度

鈴木大輔（すずき　だいすけ）48歳　鹿児島県　語り継ぐもの

立石俊夫（たていし　としお）64歳　長野県　つながる世界

増田晴奈（ますだ　はるな）18歳　佐賀県　「ふたりの私」

藤原政子（ふじわら　せいこ）45歳　滋賀県　趣味と過去のわたしの崩壊

堀内典子（ほりうち　のりこ）61歳　神奈川県　フラメンコで広がる世界、広げる世界

倉谷恵子（くらたに　けいこ）48歳　富山県　けん玉

小田陽子（おだ　ようこ）59歳　茨城県　汗をかいて知った。だいじなこと

織茂麻子（おりも　あさこ）　53歳　宮城県　手話で次々と開く扉～そしてチャレンジへ

鵜飼真唯花（うかい　まいか）　16歳　東京都　趣味と特技、そしてｈｏｂｂｙ

古井香澄（ふるい　かすみ）　52歳　三重県　学びたい理由

吉田結花（よしだ　ゆか）　57歳　神奈川県　終わりなき学びの道

見澤富子（みさわ　とみこ）　64歳　埼玉県　いくつでも、いくらでも

高橋秀和（たかはし　ひでかず）　59歳　大阪府　手にしているのはエレキです

伊藤美智子（いとう　みちこ）　64歳　宮城県　九十歳の母は今も進化中

濵元たまき（はまもと　たまき）　54歳　埼玉県　趣味は突然湧いてでて

松原英子（まつばら　えいこ）　52歳　東京都　言語がもたらす豊かさ

あとがき

「あなたのご趣味は何ですか」

「お休みの日は何をされていらっしゃるのですか」

初めて出会った方との会話のきっかけによく聞かれる言葉です。しかしながら、それに対して「私の趣味は○○です」「お休みの日は○○をやっています」と、声高らかに自信をもって答えられる方は、どれだけいらっしゃるでしょうか。

コロナ禍で最初の緊急事態宣言が出され、不要不急の外出が制限された頃、「さあ困りました。家の中で何をしましょう…」と時間を持て余し、途方に暮れたものです。きっと、それまでゴルフやテニス、観劇、旅行、お稽古事などで毎週あるいは毎日のようにお出かけされていた方も、いざ外出できないとなると、初めて家の中での趣味がないことに気づかされます。

そこで、今年度の論文課題は『趣味　広げる世界・広がる世界』といたしました。みなさんがこれまでどのような趣味を持ち、それによって多くの学びや楽しみを得て、友人知人が増え、どれだけ世界が広がったのか作品を募集いたしましたところ、全国各地はもとより海外から五八七編の作品が寄せられました。

コロナ禍での生活の変化は、「平和な日常は、じつは当たり前ではなく、本当にありがたい大切な一日の積み重ね」とあらためて考えさせるきっかけとなったのではないでしょうか。そんな貴重な時間を無駄にしてはいけないと一念発起して、新しい一歩を踏み出した方も多いと思います。きっと、趣味は平凡な毎日に彩を添えることでしょう。財団はこれからも様々な研修会、講演会を通して学び続ける機会を提供し、みなさんが新しい一歩を踏み出す一助となれば幸甚に存じます。

なお、論文の選考にあたりましては、左記の方々に審査をお願いいたしました。ご協力に心から感謝申しあげます。

（敬称略　五十音順）

石井　威望（東京大学名誉教授）

小笠原英司（明治大学名誉教授）

小松　章（一橋大学名誉教授）
多賀　幹子（フリージャーナリスト）
耳塚　寛明（お茶の水女子大学名誉教授）
森山　卓郎（早稲田大学文学学術院教授）
油布佐和子（早稲田大学教育・総合科学学術院教授）

最後に、豊富な経験に基づいて本書の支柱ともいうべき序章・終章を執筆された耳塚寛明先生、多賀幹子先生の両先生に、重ねて御礼を申しあげます。
また、財団の事業活動に平素から深い理解を示され、本書の出版にあたってその労をとってくださった株式会社ぎょうせいの方々に対し謝意を表します。

令和五年十月

公益財団法人　北野生涯教育振興会
理事長　**北野重子**

公益財団法人　北野生涯教育振興会　概要

設立の趣旨

昭和五十年六月、スタンレー電気株式会社の創業者北野隆春の私財提供により、生涯教育の振興を図る目的で文部省（現文部科学省）の認可を得て発足し、平成二十二年十二月に公益財団法人として認定されました。

当財団は、学びたいという心を持っている方々がいつでも・どこでも・だれでも学べる体制をつくるために、時代が求める諸事業を展開して、より豊かな生きがいづくりのお役に立つことをめざしています。

既刊図書

○「私の生涯教育実践シリーズ」

『人生にリハーサルはない』（昭和55年　産業能率大学出版部）
『私の生きがい』（昭和56年　知道出版）
『四十では遅すぎる』（昭和57年　知道出版）
『祖父母が語る孫教育』（昭和58年　ぎょうせい）
『笑いある居間から築こう　親子の絆』（昭和59年　ぎょうせい）
『人生の転機に考える』（昭和60年　ぎょうせい）
『こうすればよかった――経験から学ぶ人生の心得』（昭和61年　ぎょうせい）
『永遠の若さを求めて』（昭和62年　ぎょうせい）

『人生を易《か》えた友情』（昭和63年　ぎょうせい）
『旅は学習――千里の知見、万巻の書』（平成元年　ぎょうせい）
『おもいやり――沈黙の愛』（平成2年　ぎょうせい）
『豊かな個性――男らしさ・女らしさ・人間らしさ』（平成3年　ぎょうせい）
『心と健康――メンタルヘルスの処方箋』（平成4年　ぎょうせい）
『心の遺産――親から学び、子に教える』（平成5年　ぎょうせい）
『ともに生きる――自己実現のアクセル』（平成6年　ぎょうせい）
『育自学のすすめ――汝自身を知れ』（平成7年　ぎょうせい）
『日本人に欠けるもの――五常の道』（平成8年　ぎょうせい）
『豊かさの虚と実』（平成9年　ぎょうせい）
『わが家の教え』（平成10年　ぎょうせい）
『日本人の品性』（平成11年　ぎょうせい）
『21世紀に語る夢』（平成12年　ぎょうせい）
『私が癒されたとき』（平成13年　ぎょうせい）
『出会いはドラマ』（平成14年　ぎょうせい）
『道――歩き方、人さまざま』（平成15年　ぎょうせい）
『光――照らす、心・人生・時代』（平成16年　ぎょうせい）
『夢――実現した原動力』（平成17年　ぎょうせい）
『志――社会への思いやり』（平成18年　ぎょうせい）
『心の絆――命を紡ぐ』（平成19年　ぎょうせい）
『家庭は「心の庭」』（平成20年　ぎょうせい）
『家訓――我が家のマニフェスト』（平成21年　ぎょうせい）

『食満腹　心空腹――わが家の食卓では…』（平成22年　ぎょうせい）
『私の望む日本――行動する私』（平成23年　ぎょうせい）
『日本が〝生き抜く力〟――今、私ができること』（平成24年　ぎょうせい）
『言葉は人格の表現――心あたたまる言葉・傷つける言葉』（平成25年　ぎょうせい）
『私の東京オリンピック――過去から学び、未来へ夢を』（平成26年　ぎょうせい）
『私の生涯学習――生きることは学ぶこと』（平成27年　ぎょうせい）
『私の先生――誰からも、何からも学べる』（平成28年　ぎょうせい）
『変化に挑む――見えてくる新しい世界』（平成29年　ぎょうせい）
『私の平成』（平成30年　ぎょうせい）
『私の道草』（令和元年　ぎょうせい）
『すぐそばにある「世界」』（令和2年　ぎょうせい）
『コロナ禍から学ぶ』（令和3年　ぎょうせい）
『迷ったときの決断』（令和4年　ぎょうせい）
○『生涯教育図書一〇一選』（昭和61年　ぎょうせい）
○『生涯教育関係文献目録』（昭和61年　財団法人北野生涯教育振興会）
○『社会人のための大学・短大聴講生ガイド』（昭和63年　ぎょうせい）
○『大学院・大学・短大・社会人入試ガイド』（平成3年　ぎょうせい）
○『新・生涯教育図書一〇一選』（平成4年　ぎょうせい）

所在地　〒一五三―〇〇五三　東京都目黒区五本木一丁目一二番一六号
電　話　（〇三）三七一一―一一二一　FAX（〇三）三七一一―一七七五

【監修者・編者紹介】

公益財団法人 北野生涯教育振興会

1975年６月、スタンレー電気株式会社の創業者北野隆春の私財提供により、文部省（現文部科学省）の認可を得て我が国で最初に生涯教育と名のついた財団法人を設立。2010年12月公益財団法人に認定。毎年、生涯教育に関係のある身近な関心事を課題にとりあげ、論文・エッセー募集を行い、入賞作品集を「私の生涯教育実践シリーズ」として刊行している。本書はシリーズ44冊目となる。（※財団概要は本書214～216頁でも紹介）

耳塚　寛明（みみづか　ひろあき）

東京大学大学院教育学研究科博士課程単位取得退学。東京大学助手、国立教育研究所研究員を経てお茶の水女子大学教授、元同大学理事・副学長、現同大学名誉教授。主な著書に『平等の教育社会学』（勁草書房）、『教育格差の社会学』（有斐閣）、『学力格差への処方箋』（勁草書房）他。

多賀　幹子（たが　みきこ）

ジャーナリスト。東京都生まれ。お茶の水女子大学文教育学部卒業。企業広報誌の編集長を経てフリーのジャーナリストに。元お茶の水女子大学講師。1983年よりニューヨークに５年、95年よりロンドンに６年ほど住む。女性、教育、社会問題、異文化、王室をテーマに取材。執筆活動のほか、テレビ出演・講演活動などを行う。著書に『英国女王が伝授する70歳からの品格』（KADOKAWA）、『孤独は社会問題』（光文社新書）、『ソニーな女たち』（柏書房）などがある。

私の生涯教育実践シリーズ '23

趣味　広げる世界・広がる世界

2023年11月10日　初版発行

監修者　**公益財団法人 北野生涯教育振興会**

編　者　**耳塚　寛明**

　　　　多賀　幹子

印　刷　株式会社　ぎょうせい

〒136-8575　東京都江東区新木場１-18-11

URL：https://gyosei.jp

フリーコール　　0120-953-431　出版事業第３課

〈検印省略〉　ぎょうせい　お問い合わせ　検索　https://gyosei.jp/inquiry/

印刷／ぎょうせいデジタル株式会社

乱丁・落丁本はお取り替えいたします。

ISBN978-4-324-80136-9（5598617-00-000）〔略号：趣味広げる世界〕